« On ne peut pas retourner dans un pays qui n'existe plus. »

JOSEPH BRODSKY

La Haye, 2017

Il n'est plus là, alors Adam peut bien en parler. Dans la cellule, l'ampoule grésille, menace de claquer. La réalité aussi clignote, bourdonne ; dans quelques minutes, ses tympans vont éclater, ses pensées s'arrêter.

Il n'a pas vu les infos, mais comme tout le monde il s'est figé lorsqu'il a appris la nouvelle. La serveuse a fait tomber son plateau par terre et elle lui a demandé :

— Attends, mais c'est pas le lycée de ton frère ?

À ce moment-là, il avait déjà pris son téléphone pour appeler Kirem, entendu la sonnerie retentir dans le vide, laissé la peur s'infiltrer en lui. Ses doigts tremblaient. Combien de morts ? Des notifications se sont affichées sur les portables. État d'urgence, seuil d'alerte maximal, ne restez pas dans les rues, réfugiez-vous dans le premier commerce à proximité. La serveuse a fait rentrer à l'intérieur les clients en terrasse et elle a fermé la porte à double verrou. Les nerfs en pelote, le patron a décidé d'offrir à tout le monde un café. Chacun y allait de sa rumeur, consultant avec frénésie les réseaux sociaux, assurant que la police avait trouvé plusieurs bombes dans les poubelles du Parlement, qu'on déminait à l'instant un tram entier. Ils parlaient pour ne pas entendre les rues silencieuses. Adam envoyait convulsivement des messages à Kirem, à sa mère, et même à Makhmoud. Il imaginait le pire. Il commençait à accepter le pire.

Puis les policiers sont arrivés. Ils ont cassé la belle porte vitrée avec leurs bottes monstrueuses. Ils ont forcé la serveuse, le patron, les clients à se coucher par terre. Adam s'est allongé lui aussi, en se cognant les coudes, les genoux, mais ils l'ont vite relevé. Ils ont crié son autre nom, *Oumar*, et ils l'ont hissé jusqu'à eux, un bras sous chaque aisselle. L'un d'eux a saisi ses poignets et les a menottés. Ils l'ont sorti du café. Le fourgon de police a filé à travers les avenues désertées. La Haye était belle, ensoleillée, radieuse comme une jeune fille amoureuse.

Pendant un instant, Hendrik ne put détacher son regard du téléphone. Les notifications s'enchaînaient. Un attentat. À La Haye, sa ville. Il se prit la tête entre les mains. Une bombe. Dans le lycée où travaillait Alissa.

Son premier réflexe fut de la chercher du regard. Elle était là, dans le salon, un instant auparavant. Il eut une bouffée de panique, comme s'il était concevable qu'elle ait pu partir sans l'embrasser, filer au lycée donner cours et se retrouver au milieu d'une scène de carnage. Il revint à lui en entendant le bruit de la douche dans la salle de bains, au fond du couloir. Alissa se lavait les cheveux. Elle le lui avait dit. Il l'imagina verser du shampoing au creux de sa paume, l'étaler méticuleusement sur sa chevelure et, pendant une seconde, il hésita à la laisser dans cette bienheureuse ignorance.

Son téléphone vibra encore. Un ami lui demandait des nouvelles de sa cousine Maud. Elle travaillait dans le même lycée qu'Alissa. Hendrik sentit ses mains trembler. *Maud, tu vas bien ?* envoya-t-il en toute hâte. La réponse lui parvint aussitôt : *Je suis vivante. On est dans le gymnase avec les élèves.* L'air emplit à nouveau ses poumons. Maud était en vie, Alissa était sous la douche. Le pire avait été évité.

Le pire pour lui, se reprit-il avec un pincement de culpabilité.

Son téléphone ne cessait de tressauter : les réseaux sociaux s'emballaient. L'attentat venait à peine d'avoir lieu mais Internet saturait déjà de vidéos. Tapie sous les gradins du gymnase, Maud postait en continu des photos sur Facebook. Certains enfants avaient les habits tachés de sang. Leurs yeux brillaient de peur.

Sans plus y tenir, Hendrik se dirigea vers la salle de bains et fit sauter le loquet en forçant la poignée.

Alissa, sous la douche, poussa un petit cri étranglé. Il n'avait pas le droit d'entrer. Alissa partageait ses nuits, mais dans la salle de bains, elle insistait pour être seule avec son corps. Seule à observer ses vingt ans s'éloigner et ses trente ans l'envahir. À voir les traces du passé s'estomper peu à peu. Hendrik, lui, ne connaissait les courbes de ses seins qu'à tâtons, selon ce que les draps voulaient bien lui révéler.

— Alice, il y a eu un attentat au lycée.

— Qu'est-ce que tu racontes ? bafouilla-t-elle en tentant vainement de se cacher derrière le rideau de douche transparent.

Les yeux de Hendrik glissèrent sur son corps ruisselant, ses cheveux aplatis par l'eau : ils semblaient encore plus noirs et tentaculaires. Il remarqua des cicatrices formant un rond en pointillé sur son flanc droit. Elle tenta vainement de les dissimuler avec ses mains. Percevant sa gêne, il détourna le regard et attendit qu'elle coupe l'eau, s'enroule dans une serviette.

Lorsqu'elle s'assit sur le rebord de la baignoire, il lui montra une des vidéos les plus partagées sur Twitter.

— Apparemment, une bombe a explosé dans la cantine de ton lycée.

— Dans la…

Sur la vidéo, le réfectoire était envahi de fumée, des élèves couraient en hurlant, tandis que des corps gisaient à terre.

— La police dit qu'il y a des dizaines de morts.

C'était peut-être le shampoing qui gouttait sur son front, s'approchant dangereusement de ses paupières, mais rien, dans ce que disait Hendrik, ne faisait sens pour Alissa.

— Ce n'est pas possible, dit-elle en se levant.

Hendrik lui tendit une autre serviette de bain, plus petite, où elle enroula ses longs cheveux encore couverts par endroits de mousse blanche.

— Non, ce n'est pas possible, répéta-t-elle à voix basse.

Des images, qu'elle croyait vouées à s'effacer comme les marques sur son corps, lui revenaient par vagues et elle manqua de glisser sur le sol soudain instable.

Hendrik la fit de nouveau s'asseoir sur le rebord de la baignoire.

— Ça va aller ?

Non, ça n'allait pas, mais par réflexe elle hocha la tête.

— Peut-être que c'est une fausse alerte, commença-t-il, et elle sentit sa voix légèrement trembler. Peut-être que ce n'est pas vrai, que c'était juste un pétard, une blague d'étudiants.

Il la regarda, comme s'il attendait une réponse, alors une fois encore, elle fit oui de la tête.

Après un court silence, il dit :

— Des enfants. Putain, mais qui fait ça à des enfants ?

Sur le visage de Hendrik passa soudain une ombre qu'Alissa connaissait bien. Elle l'avait vue sur celui de sa mère ou sur le sien lorsqu'elle attrapait son reflet dans les fragments d'un miroir entre deux bombardements. L'incompréhension mêlée de peur, face à l'impensable qui flirte avec le réel.

Hendrik s'assit un instant à côté d'elle. Il voulut la serrer dans ses bras, mais ses longs cheveux étaient encore gorgés d'eau et risquaient de laisser des taches humides sur sa chemise.

— Je dois filer au travail, je vais être en retard, dit-il. N'y pense pas trop, tu ne peux rien faire de toute façon. Essaie de te reposer. Fais-toi un thé.

Il resserra le nœud de sa cravate dans le miroir, puis ajouta :

— N'oublie pas ce soir, on se retrouve à dix-neuf heures au restaurant.

— Oui, dit-elle.

Il l'embrassa sur le front et disparut dans l'entrée. Alissa l'écouta brosser ses chaussures à petits coups vigoureux, les enfiler avec un chausse-pied, sortir et refermer la porte derrière lui en la claquant.

Le shampoing se mit à lui piquer les yeux. Elle se précipita vers le lavabo pour se rincer les cheveux et le visage. Un attentat. Un homme qui fait irruption parmi les tables de la cantine et tire sur des enfants. Il pose une bombe et part. Non.

Son vieux portable ne cessait de sonner sur un coin du lavabo. Profitant de la porte ouverte, Frikkie, son chat roux dont le ventre traînait par terre, observait l'objet s'approcher un peu plus du bord à chaque vibration, attendant patiemment qu'il veuille bien tomber.

Alissa enveloppa ses cheveux dans un turban de serviette-éponge.

Un attentat, à l'heure du repas, des gamins au visage couvert de sauce bolognaise. Non, ce n'était pas possible. Hendrik avait raison. C'était une fausse alerte, une intox, une rumeur.

Le téléphone tomba et Frikkie lui donna aussitôt un coup de patte pour disparaître avec lui sous la commode.

Elle s'habilla à la hâte. Elle donnait cours dans

une heure. C'était une classe d'une douzaine d'élèves, aux visages de plus en plus angoissés au fur et à mesure que se rapprochaient les examens de fin d'année. Certains savaient à peine leurs déclinaisons de russe, et Alissa avait prévenu qu'elle les interrogerait chacun à leur tour ce lundi. Aucun n'y échapperait.

Pas même Kirem.

bien sûr que je les connais tes verbes de mouvement en russe mais ils servent à rien ici

ici pas besoin de bondir sauter courir jusqu'à plus pouvoir respirer

y a rien à fuir les gens sont tranquilles les avions passent sans bruit la terre tremble mais c'est juste un tramway

et quand ils disent on descend à la cave, c'est pour rapporter de l'alcool *haram* ou des livres déjà lus

ils ont pas besoin de brûler les portes ici car les radiateurs marchent l'hiver

je te le dis, ils sont faciles à apprendre les verbes de mouvement en temps de paix

moi je voudrais leur apprendre à aller sans se promener

à marcher sans savoir où aller

à s'immobiliser sans respirer

à entendre un bruit, une explosion, fuir et ne plus jamais revenir

Les phares de sa voiture clignotèrent deux fois, et les pneus crissèrent un peu. Alissa conduisait à l'instinct, remarquant à peine que les rues étaient vides, les tramways immobilisés. Dans le ciel de La Haye, les hélicoptères tournoyaient et semblaient la suivre, prêts à fondre sur elle, comme là-bas. À cause d'eux peut-être, ou de la radio qui répétait en boucle *attentat cantine morts lycée*, le trajet lui sembla plus long que d'habitude.

Quand au loin elle vit le bâtiment du lycée, elle accéléra. Elle donnait cours dans moins de vingt minutes. Hendrik, la radio, les hélicoptères se trompaient. Ses élèves étaient affalés sur leurs tables. Ils profitaient de son absence pour bavarder ou réviser à la dernière minute. Elle en était certaine. Il fallait que ce soit vrai.

Le soleil chauffait la voiture à travers le pare-brise, le souffle de cette première journée d'été caressait les joues d'Alissa par la fenêtre entrouverte. C'était un temps à aller à Scheveningen, à se poser sur sa longue plage de sable d'or, une heure à commander un café pour digérer le repas de midi. Mais les Pays-Bas avaient fermé leurs portes, ils avaient barricadé leurs fenêtres. Le cœur des gens s'était glacé malgré la chaleur. On avait tué leurs enfants.

— Je suis professeure, laissez-moi passer !

Le militaire la scruta un instant, puis, du canon de son arme, il lui fit signe de se garer à gauche. Son regard était déjà tourné vers la prochaine voiture.

Un barrage bloquait l'accès au lycée. Les gamins avaient abandonné leurs sacs en fuyant. Près des murs, Alissa apercevait des îlots de toile rouge, verte, bleue, avec des classeurs renversés et des trousses éventrées. Les démineurs avaient installé tout autour de petits fils blancs. Ils donnaient un coup de sifflet, se bouchaient les oreilles et un bruit sourd suivait.

Alissa aurait voulu klaxonner de toutes ses forces pour obliger les soldats à quitter cet air rigide, décrisper leurs mains de leurs armes, reconnaître qu'ils jouaient la comédie. Il n'y avait pas de bombes dans les cartables. On était à La Haye, dans un pays en paix. C'était un entraînement, une fausse alerte, une mauvaise plaisanterie.

Sur le parking, des parents regardaient d'un air hébété les sacs de leurs gamins se transformer en débris et poussière. Certains s'étaient assis à même le bitume chauffé à blanc. D'autres restaient debout, immobiles, les bras croisés, les poings serrés, le visage fermé.

Une femme aux cheveux tressés et retenus par un chouchou coloré priait à haute voix.

Marie je Vous en supplie
protégez Lars et Johan
faites-les rentrer à la maison pour le goûter
Marie notre Mère à tous
j'ai préparé des gaufres comme ils les aiment
Marie je Vous en supplie.

Alissa détourna le regard pour que la mère ne la reconnaisse pas.

Elle s'était garée entre une Kia violette et une Kangoo blanche, couverte de traces de boue, dont le propriétaire faisait les cent pas, le téléphone rivé à l'oreille. Il passa devant elle sans la remarquer, puis il s'arrêta net et cria :

— Il ne répond pas, je te dis qu'il ne répond pas. J'ai essayé de l'appeler cent fois, il ne répond pas.

Puis il ajouta, très bas, dans un souffle :

— Ici, il n'y a que les parents dont les enfants ne répondent pas.

La dernière fois qu'Alissa l'avait vu, il était venu se plaindre des mauvaises notes de son fils Vincent : « Comment va-t-il réussir ses examens si vous êtes incapable de lui faire comprendre des choses aussi simples ? » Mais il n'y avait rien de simple dans le russe. Et peut-être était-elle trop sévère. Rien ne lui semblait soudain plus odieux que la sévérité avec laquelle elle avait noté ses élèves jusqu'à présent.

— Madame Zoubaïeva !

À une dizaine de mètres, une femme lui faisait de grands signes et s'avançait vers elle. Elle avait le visage cireux et bouffi. Alissa la reconnut aussitôt : c'était une mère assidue, toujours là aux réunions parents-professeurs, qui levait systématiquement la main pour expliquer le cas très particulier de son fils absolument banal.

De fines veines battaient la mesure sur ses tempes. Son cou était couvert de plaques rouges.

— Vous savez quelque chose ? Vous savez où sont les enfants ?

— Non, dit Alissa. Je viens d'arriver.

La bouche de la femme se tordit de déception. Elle alluma une cigarette qu'elle tint du bout des doigts, un monticule de cendres bientôt prêt à s'éparpiller sur sa robe jaune canari.

Alissa tenta de se souvenir du prénom de son fils. David ou Daniel. Ou Dadou ? Un garçon un peu gras, plus petit que les autres, qu'elle menaçait souvent de devoirs supplémentaires pour qu'il cesse de chahuter. Des yeux en fente comme ceux de sa mère, des cheveux bruns touffus, savamment décoiffés, un air insolent qui cachait sa peur des mauvaises notes. Il n'aimait pas le russe.

Elle saurait. Elle saurait faire aimer à Dadou les consonnes slaves de sa langue, elle saurait le convaincre d'écouter en cours. Elle sera moins sévère demain. C'est promis. Arrêtez ce cirque, cessez de transformer le lycée en un champ de mines, circulez, il n'y a rien à voir, rien ne s'est passé. On est aux Pays-Bas.

Ce n'est pas ici que ce genre de choses se passe.

Elle avait dû parler à haute voix, car la mère de Dadou prit un teint encore plus cadavérique et les traits de son visage se crispèrent.

— Allez parler aux policiers, lui intima-t-elle. Vous êtes professeure, ils accepteront de vous en dire plus.

Elle désigna un petit attroupement de caméras et de micros autour d'un homme en uniforme bleu.

— Demandez-lui où sont nos enfants. Vos élèves. Nous, il ne veut rien nous dire.

Alissa regarda la femme dont la robe jaune était désormais tachée de cendre. Elle avait déjà vu ce regard quelque part. Dans les yeux de sa mère, peut-être, quand elle avait tardé un jour à rentrer après l'école. Un regard pincé par l'envie de mordre, de hurler. Un filtre opaque sur l'inimaginable. L'espoir maintenu à la lisière des cils.

Elle s'éloigna doucement comme on met à distance un chien au regard trouble.

Il y avait peu de chances que l'homme à l'uniforme accepte de parler avec une inconnue dont les paroles étaient écorchées d'un accent indéfinissable. Mais Alissa sentait monter en elle la terreur de l'impuissance. Que faisait-elle ici ? Aucun enfant n'allait se précipiter dans ses bras. Elle s'inquiétait pour tous et pour aucun à la fois. Elle sursautait à chaque sac déminé. Hendrik lui avait dit de ne pas venir. De terminer son shampoing, de se sécher les cheveux, de rester chez elle pour cette journée de congé impromptue. « Fais-toi un thé », ça ira mieux.

Elle n'avait pas fait de thé. Elle était venue pour s'assurer que tout était faux, que la limite entre *là-bas* et *ici* valait encore. Sinon quoi ? Il faudrait fuir à nouveau ?

Elle chassa ces pensées et s'approcha de l'homme en uniforme, poussant du coude les journalistes. Arrivée devant lui, elle lança :

— Ils sont où, les enfants ?

Alissa avait pris soin de bien articuler pour ne pas trébucher sur les consonnes traîtresses. Sa voix avait porté plus loin qu'elle ne l'avait cru. L'homme s'interrompit et elle rougit, s'obligeant à soutenir son regard. Il avait les yeux bleus, d'une banalité rassurante. Des joues rasées net, le nez frappé d'un coup de soleil, le menton franc. Sur sa poitrine, à droite, un petit rectangle en métal indiquait son grade et son nom. Il n'avait pas de prénom.

Les caméras ne quittaient pas son beau visage dénué d'émotion.

— Les lycéens dont l'état est trop grave sont opérés sur place, ou héliportés jusqu'à l'hôpital. Les autres ont été regroupés dans le gymnase, ils retrouveront leurs parents une fois le déminage terminé.

— Et les morts ? *En de doden ?*

Elle sentit les *d* frapper tels des *t* contre son palais, son accent adoucir les consonnes finales et elle vit l'officier froncer les sourcils.

— Je l'ai déjà dit. Le dernier bilan fait état de vingt personnes tuées.

Aussitôt, les caméras avancèrent d'un pas, à moins que ce ne soit Alissa qui ait reculé, tétanisée. Elle se perdit dans la cohue, bousculée de tous les côtés, et se retrouva chancelante sur le trottoir. On lui avait demandé de s'informer sur le sort des enfants *vivants*, ceux dont les parents attendaient le retour. Pourquoi avait-elle posé cette dernière question ? Le nombre de victimes était déjà connu, il emplissait l'air comme des relents de pourriture. Mais c'était ainsi : elle avait toujours eu besoin qu'on le lui dise à elle. Dans les yeux.

Là-bas aussi, Alissa refusait de croire les rumeurs, la radio, les voisins. Là-bas aussi, elle n'entrait en guerre que lorsque les balles toquaient à la porte. Rien ne lui semblait réel tant qu'elle ne l'avait pas vécu.

Elle avait accompli sa mission, bonne petite élève bien sage, elle devait désormais rapporter les informations à la femme à la robe jaune. Mais elle tremblait à chaque pas. Vingt enfants tués. Un homme qui pose une bombe à l'heure du déjeuner, pour tuer des écoliers dans un pays en paix. C'était possible, c'était arrivé, comprit enfin Alissa. De nouveau, il faudrait fuir. Elle eut envie de vomir.

Elle marcha jusqu'à sa voiture, ouvrit la portière et s'affaissa sur le siège. Elle mit la climatisation en route, il régnait dans l'habitacle une chaleur étouffante. À côté, le père de Vincent semblait dormir, le front collé contre le volant de sa Kangoo blanche, mais il sursautait à chaque cartable déminé. Elle alluma la radio et s'obligea à respirer lentement, par le ventre, comme le lui avait appris sa mère pendant les bombardements. Un… deux…

Au bout de dix minutes, la nausée s'atténua.

À la radio, la voix d'acier de l'homme en uniforme tordait les mots pour les vider de leur affect. Le journaliste n'avait pas eu le temps de couper l'interview ; on entendait Alissa demander : « Et les morts ? »

Elle fut glacée par l'insensibilité de sa question. Elle l'avait traduite, comprit-elle. Ce n'était pas une phrase pensée en néerlandais. En néerlandais, on n'évoquait pas les morts comme une denrée quantifiable. On les entourait d'une pudeur et d'un respect empli de tristesse. Il n'y avait que sa langue pour être à ce point habituée à la mort.

Son regard erra sur les murs de brique du lycée, ornés de tags incompréhensibles. Les fenêtres étaient grandes ouvertes, pour que l'été pénètre dans les classes. Souvent, Alissa se levait pour les fermer ; les élèves passaient trop de temps à observer les mouettes se poursuivant dans le ciel délavé.

Elle les gardera ouvertes, la prochaine fois. Elle ne rabrouera pas Dadou pour ses bavardages et laissera Vincent dormir en cours. Elle ferma les yeux pour se remémorer les visages de ses élèves.

Lundi, 13 h 30, salle 404. Douze élèves, juste après l'heure du repas, les esprits assoupis. Il fallait chaque fois qu'elle bataille pour que les gamins l'écoutent. Elle se préparait à ce cours comme un boxeur monte sur le ring : elle se couchait tôt, prenait une longue douche le matin, et au déjeuner dévorait un repas complet en ne sautant aucun plat.

Parfois, elle mangeait à la cantine. À midi, quand le réfectoire est noir de monde et que les enfants s'y bousculent pour entrer, râlant si un prof passe sans faire la queue. La plupart des élèves apportaient leur déjeuner, des sortes de tartines grillées au fromage, mais le lycée avait aussi mis en place un système de repas subventionnés pour les plus pauvres ou ceux dont les parents n'avaient pas le temps de préparer un Tupperware. Le lundi, c'était presque chaque fois steak haché et légumes vapeur, avec une crème au chocolat pour terminer. C'est aussi le repas de la semaine pendant lequel Lotte et les autres dames de la cantine avaient un regard alourdi de fatigue : la semaine débutait à peine et le week-end semblait si loin. Le lundi, elles tapaient un peu plus fort sur le bras des gamins qui tentaient de chaparder deux desserts. Alissa, elle, recevait toujours double portion.

— Tu n'as que la peau sur les os, tu te laisserais dépérir si je n'étais pas là pour te nourrir !

La voix de Lotte se confondait avec celle de sa mère. Elles avaient la même taille épaisse, soulignée artificiellement par le cordon d'un tablier qui les serrait trop fort, une peau un peu huileuse, jaunâtre au niveau des coudes, et un menton en gelée tremblotante. Où était Lotte quand la bombe a explosé ?

C'était peut-être pour cela qu'Alissa avait mal au ventre. Elle avait oublié de manger. Des détonations assourdies continuaient à lui parvenir, cette fois de l'intérieur du lycée. Elle imagina les couloirs remplis de cahiers déchiquetés, de morceaux de crayons. Une révolte d'écoliers organisée par un terroriste.

Lesquels de ses élèves étaient encore vivants ? Elle invoqua encore leurs visages comme s'il ne tenait qu'à elle de les maintenir en vie. Il y avait Lucie, une gamine aux pommettes slaves qui disait, pour justifier son bon accent en russe, que sa famille avait fui la révolution de 1917. Ses parents étaient en réalité polonais, partis de Cracovie pour monter une entreprise de plomberie à La Haye dans les années 1990.

Il y avait aussi la petite Jasmijn, son regard pas très vif, son incapacité, après trois ans de russe, à différencier certaines lettres de l'alphabet. Max, le garçon assis au premier rang, qui accueillait chaque nouvelle règle grammaticale d'un air scandalisé. Gustave, qui aimait parler de sa grand-mère russe et qui bombait le torse dès qu'Alissa évoquait un mets culinaire, comme si c'était sa *babouchka* qui l'avait inventé et non le brassage d'appétits venus d'Occident et d'Orient. Vincent, qui notait tout ce que disait la professeure avec inquiétude, et Sofie, Lars, Jasper, Dadou, les chahuteurs du dernier rang.

Et Kirem. Toujours assis au plus près de la porte, comme son frère avant lui.

Dès le premier cours, il avait demandé, devant tout le monde, dans leur langue à eux, cette langue gutturale qu'Alissa s'était promise de ne plus jamais employer :

— Madame, vous êtes tchétchène ?

Elle avait dit non, d'une voix un peu trop forte. Elle avait ajouté, en russe :

— Ici, c'est une classe de russe. Soit on parle russe, soit on se tait.

Kirem n'avait plus jamais prononcé un mot.

C'était un enfant étrange, la copie inversée de son frère, Oumar, qu'elle avait eu en cours deux ans auparavant. Ils avaient beau se ressembler comme deux gouttes d'eau, leurs personnalités étaient diamétralement opposées. Autant son frère était solaire, affectueux, toujours prêt à participer et à distribuer les copies, autant Kirem se faisait très vite oublier, et détester. Il avait un regard coulissant, furtif. Comme des fentes d'où l'on s'apprête à tirer, même si Alissa avait vite compris qu'il préférait économiser ses munitions. Une fois seulement, elle l'avait surpris endormi en cours : le visage subitement apaisé, il ressemblait à son frère. Ses boucles avaient glissé sur le côté et, sur sa tempe gauche, elle avait entrevu une cicatrice blanche sur une peau assombrie, une ligne de démarcation soulignée d'un no man's land rosâtre. La peau était encore légèrement boursouflée, elle semblait gonflée de haine.

Kirem s'habillait de noir, chaque jour sans exception, avec des vêtements amples, sans forme, comme s'il souhaitait y disparaître. Les autres élèves ne lui parlaient pas et refusaient de s'asseoir à côté de lui. Dans des mots lancés avec des boulettes de pain et interceptés par Alissa, on l'appelait *le schizo*, *l'autiste*, *le kéblo*. On lui disait aussi : *Rentre chez toi on a pas besoin de musulman ici*, et lorsqu'elle avait lu cette phrase, Alissa avait frissonné.

Oui, c'était un élève déroutant. Il rendait des devoirs à la maison écrits en un russe parfait, mais lorsqu'il s'agissait d'une interro surprise, il refusait de répondre aux questions. Il rendait des pages entières sans queue ni tête, en pattes de mouche et en tchétchène.

— C'est un cours de russe. Tu écris en russe.

Elle l'avait sermonné à plusieurs reprises, puis abandonné. Elle avait le sentiment d'assister à un naufrage volontaire mené dans un silence entêté. Pour garder la tête froide, Alissa avait décidé de ne plus lire ses copies d'interro, se contentant de tracer un zéro en rouge dès qu'elle déchiffrait les premiers mots en tchétchène.

Elle tentait de ne pas le comparer à son frère Oumar, mais il suffisait qu'il sourie dans les couloirs pour qu'elle se souvienne de son élève préféré. Comment une même famille pouvait-elle engendrer deux enfants si différents ?

Est-ce que Kirem avait survécu à l'attentat ?

Brièvement, elle se vit contempler des chaises vides dans une classe. Faire l'appel et sauter des lignes.

Un haut-le-cœur la saisit et elle sortit de la voiture pour vomir sur le bitume.

La mère de Dadou s'approcha d'elle. Elle tendit à Alissa un mouchoir blanc. La professeure s'essuya le contour des lèvres, honteuse de s'être laissé aller, elle qui n'avait aucun enfant piégé par un fou sanguinaire. Mais la femme à la robe jaune ne lui prêtait plus attention. Elle avait allumé une nouvelle cigarette, qu'elle regardait de nouveau brûler sans l'approcher de ses lèvres.

— J'ai arrêté de fumer il y a deux ans, expliqua-t-elle à Alissa. Mais l'idée que Dadou soit dans le gymnase, parqué avec les autres élèves par cette chaleur, ça me rend folle.

Alissa non plus ne fumait pas, cela ne se faisait pas, *là-bas.* Pourtant elle demanda une cigarette et la femme lui donna l'avant-dernière du paquet. Pour combler le silence, Alissa résuma ce que l'homme en uniforme lui avait dit, mais la mère de Dadou fit un signe agacé. Elle savait déjà tout, elle avait écouté la radio. Au bout de quelques minutes, Alissa jeta son mégot par terre. La braise incandescente se poudra de gris.

La Haye étouffait. Le soleil rougissait les fronts des militaires. Jamais une journée d'été n'avait été aussi détestée. Des soldats donnaient des coups de pied pour éloigner les goélands belliqueux, et l'air marin qui venait de la plage s'accompagnait d'une étrange odeur de brûlé.

Alissa aussi avait chaud. Elle rentra dans sa voiture, augmenta la climatisation. Dans le rétroviseur, elle observa son visage, son architecture bien définie, son front altier, ample, son regard porté haut, fier, ses pommettes en demi-cercles. Elle vit son chignon défait, ses cheveux d'encre s'évader. Avec un élastique, elle harnacha les mèches rebelles.

En se recoiffant, elle pensait à ce qu'avait dit Hendrik : « Repose-toi. » Elle songea au petit café qui avait ouvert récemment non loin de chez elle, sur la place de Buitenhof, avec une petite terrasse aux parasols jaunes, et elle se demanda : était-ce possible que des gens soient actuellement assis en terrasse ? Que certains vivent encore dans une ville heureuse, où l'attentat n'a pas eu lieu ?

Il suffisait pour cela d'avoir fait une grasse matinée, d'avoir oublié de charger son téléphone, de ne pas avoir la télévision, de s'être endormi à l'ombre d'un arbre dans un parc.

À la radio, les voix des journalistes prirent soudain un ton plus strident, et Alissa se redressa sur son siège. Par la fenêtre, elle vit les militaires soulever les plots qui bloquaient la route et laisser entrer une voiture noire aux vitres fumées, précédée de trois véhicules de police qui zigzaguaient entre les cratères laissés par le déminage.

Perquisitions à Amsterdam. L'armée déployée à La Haye. Le Premier ministre se rend sur les lieux de l'attentat.

Le père de Vincent claqua d'un coup sec sa portière

et se précipita vers un soldat qui lui barra immédiatement le passage.

— J'ai le droit de savoir où est mon fils, hurla-t-il comme si Vincent avait fait une escapade nocturne.

La chemise défaite, les tempes couvertes de sueur, il se mit à tambouriner de ses poings le torse du militaire. Le soldat le laissa faire un court instant, puis d'un geste très calme, il lui tordit le bras et l'immobilisa au sol.

— Il va falloir se calmer tout de suite, monsieur, dit-il tandis que le père de Vincent éructait des insultes, le visage boursouflé de colère.

Alissa détourna les yeux. Elle augmenta le son de la radio : le Premier ministre parlait d'unité, de douleur.

Ce sont nos enfants et l'éducation que nous leur donnons qui ont été pris pour cibles par le terrorisme. Nous lui répondrons que nous n'avons pas peur. Nous lui répondrons par la fermeté dont est capable notre société tolérante, bienveillante, ouverte.

Alissa sentait confusément que l'emphase donnée aux mots les vidait de sens. Une société « tolérante, bienveillante, ouverte » n'avait pas besoin qu'on le lui dise pour s'en souvenir. Et brandir ses valeurs comme un bouclier de dentelle face à des bombes aveugles lui parut absurde : vingt enfants avaient été tués, la haine était légitime. Il fallait haïr. Frapper. Hurler des insanités comme le père de Vincent. Prendre les armes et se venger. Sourire, tendre l'autre joue, c'était pour plus tard, lorsque le sang aurait tiédi, lorsque la peur aurait changé de camp.

Mais c'était peut-être sa vie d'avant qui s'exprimait ainsi, celle qu'elle avait si longtemps refoulée et que l'attentat essayait de faire remonter à la surface.

Trois jours de deuil furent décrétés, les examens reportés jusqu'à nouvel ordre, et le Premier ministre laissa la parole à l'homme en uniforme bleu, dont la voix inflexible envahit les ondes. Il donna un nouveau bilan (deux blessés avaient succombé à leurs blessures) et résuma les avancées de l'enquête :

— Pour l'instant, nous pouvons affirmer avec certitude que le poseur de bombe était scolarisé dans l'établissement.

Alissa se figea.

Un élève, c'était un élève.

Elle se plaqua la main sur la bouche pour ne pas hurler.

À gauche, des gémissements s'échappèrent d'une vitre abaissée, elle vit dans son rétroviseur des parents s'appuyer sur la carrosserie de leurs voitures chauffées à blanc, comme des pantins privés de vie. À cet instant, l'ensemble des Pays-Bas semblait pousser le même cri silencieux.

Ce n'était pas un adulte, un être inhumain, un monstre insensible. C'était un enfant boutonneux, un adolescent ravagé par les hormones, un gamin perdu qui aurait pu être rattrapé.

Lequel de leurs élèves avait commis l'irréparable ?

Alissa se surprit à prier. Faites que ce monstre ne

soit pas le sien, faites que le « je n'ai rien vu venir » soit prononcé par d'autres.

Mue par un pressentiment, elle haussa encore le volume de la radio. Elle eut l'impression de revenir quinze ans en arrière, quand les télévisions russes annonçaient des attentats perpétrés à Moscou par des hommes de son peuple et que, blottie contre sa mère, elle écoutait en espérant que le terroriste n'était pas son père, ses frères, un cousin, un oncle, un ancien camarade d'école, ou même une simple connaissance croisée au marché. Que ceux qui avaient tué des passagers du métro moscovite, massacré le jour de la rentrée des écoliers avec des fleurs en tulle blanc dans les cheveux, abattu de sang-froid des personnes venues au théâtre un mercredi soir, lui soient tous inconnus, victimes comme bourreaux.

Et cette fois encore, elle espéra, en une longue supplication, que celui qui avait posé une bombe dans son propre lycée n'avait jamais croisé son regard dans le couloir.

Après un petit toussotement étudié, une façon de marquer une pause sans pour autant autoriser de silence, le porte-parole reprit :

— Les premiers éléments de l'enquête portent à croire qu'il était originaire de Tchétchénie.

Alissa éteignit la radio comme si les ondes l'avaient brûlée.

La tête lui tournait. Elle s'obligea à respirer lentement, à reprendre son souffle.

Il n'y avait que deux Tchétchènes dans ce lycée :

Kirem, et elle. Elle fixa le centre de son volant, avec l'envie d'appuyer de toutes ses forces sur le klaxon.

— Putain, putain, putain ! balbutia-t-elle, sans savoir si elle jurait en néerlandais ou en tchétchène, et elle s'affaissa sur son siège, tout à coup trop mou pour la retenir.

C'est Kirem. Le petit Kirem silencieux. Le petit Kirem oublié.

Elle se mit à espérer que d'autres élèves tchétchènes avaient intégré le lycée sans pour autant prendre l'option de langue russe. Des Tchétchènes dont elle ne connaîtrait pas l'existence et qui redonneraient une chance statistique à Kirem d'être une simple victime. Mais c'était un établissement situé dans une zone plutôt bourgeoise, avec un très bas taux d'immigration. La communauté tchétchène, elle, s'était principalement installée à l'autre bout de la ligne de tramway, à une bonne heure de transport.

Il n'y avait eu que Kirem et son frère, Oumar, ces dernières années pour venir étudier dans ce lycée.

Il fallait se ressaisir, démarrer au plus vite et rentrer chez soi, « profiter » de cette journée, comme l'avait recommandé Hendrik, se faire belle pour le restaurant ce soir et gommer, effacer ce cauchemar où le passé envahissait le présent.

Elle aurait voulu appeler Oumar, lui demander s'il savait où était son frère. Elle se demanda où elle avait laissé son portable. Frikkie était certainement occupé à mordiller la coque en caoutchouc. Il fallait quitter ce lieu, partir d'ici. Elle n'avait rien à voir avec cette histoire de bombe, elle n'aurait jamais dû venir. Elle n'avait pas d'enfants et elle connaissait à peine ses élèves. Elle se mêlait d'une douleur qui n'était pas la sienne.

Alors qu'elle s'apprêtait à démarrer, quelqu'un frappa à la vitre de sa voiture. Alissa sursauta. Elle ouvrit la fenêtre. C'était la femme à la robe jaune, la mère de David-Daniel. Son visage était défiguré par une tension hostile et la professeure crut un instant que la femme savait qu'Alissa n'était pas russe comme elle le prétendait.

— Madame Zoubaïeva, vous devez aller parler à la police.

Non, c'était impossible, elle avait toujours fait attention : elle avait obtenu la nationalité néerlandaise, elle maintenait son accent sous une surveillance constante et, quand une erreur de prononciation lui échappait, elle disait pour s'excuser : « Je viens de Russie. » Ce qui était vrai : la Tchétchénie faisait partie de la Russie. Moscou avait suffisamment versé de sang pour cela.

— Dadou me disait toujours qu'il y avait un gamin bizarre dans votre cours, reprit la femme. Il l'a vu un jour graver *Tchétchénie* dans la table avec son compas. Il faut que vous alliez le dénoncer !

Un goût acide envahit ses gencives. Voilà, on y est, se dit Alissa. La Tchétchénie est devenue un gros mot aux Pays-Bas, à chuchoter et à ne surtout pas graver sur les tables. Un mot défendu, qui attire l'attention, qui pue le sang et la mort, déjà banni des repas de famille en Russie et désormais de ceux aux Pays-Bas. Il allait rejoindre la constellation des paroles interdites comme *Syrie*, *islamisme*, *musulman*, *terrorisme*, *bombe*, *Allah*, *djihad*. Une constellation de mots innocents et imbibés de haine.

Alissa se sentit subitement épuisée. Il avait suffi d'un élève pour balayer dix années d'intégration parfaitement réussie. Jusque-là, elle était parvenue à préserver un délicat équilibre entre Alice et Alissa. Entre la Hollandaise et la Tchétchène. Et aujourd'hui, elle devait rompre ce compromis. Dénoncer un gamin de son peuple pour marquer son appartenance à son nouveau pays. Aller voir la police, qu'elle avait toujours soigneusement évitée, pour lui dire qu'elle connaissait le terroriste et qu'ils avaient plus de points communs qu'elle n'en aurait jamais avec Hendrik, la mère de Dadou et les Néerlandais en général.

Dehors, la femme à la robe jaune s'impatientait. Elle semblait sur le point de partir dénoncer Kirem elle-même, et peut-être aussi sa drôle de professeure.

Avec réticence, Alissa ouvrit la portière. L'air chaud s'engouffra dans l'habitacle. La mère de Dadou la prit par le bras pour la forcer à se lever. Dans ses yeux, Alissa vit qu'elle avait déjà été reconnue coupable. Coupable d'avoir laissé un terroriste étudier les déclinaisons russes avec son enfant chéri.

Elles s'avancèrent vers un soldat, celui-là même qui avait plaqué le père de Vincent au sol, puis ordonné à un collègue de le remettre à la cellule d'aide psychologique.

— Je dois parler à un enquêteur, dit Alissa. Je crois que je suis la professeure du… (Elle inspira un grand coup.) La professeure du terroriste.

Le militaire lui jeta un regard perplexe. Il prit son talkie-walkie et crachota des ordres incompréhensibles.

Quelques minutes plus tard, le porte-parole vint, accompagné d'un homme d'une quarantaine d'années, le visage sévère, marqué par de profondes rides et dont le badge indiquait : *Lieutenant Janssen.* Encore un homme sans prénom. Elle allait devoir s'appliquer pour prononcer *lieutenant Janssen* sans trébucher sur les consonnes, se dit-elle, tentant de chasser la panique qui l'envahissait.

Le haut gradé fit signe au soldat d'éloigner la mère de Dadou, puis il sonda le visage d'Alissa.

— Vous êtes la professeure de russe de Kirem Akhmaïev ?

Elle hocha la tête et déglutit : trois policiers se placèrent derrière elle.

— Et vous aussi, vous êtes tchétchène, c'est ça ?

— Oui, mais j'ai la *nederlandse nationaliteit* maintenant, répondit-elle.

— Nous avons perquisitionné votre domicile. Vous n'êtes pas en état d'arrestation, mais vous feriez mieux de coopérer.

Elle le regarda sans comprendre. Coopérer. C'est ce qu'elle faisait : elle était venue le voir pour dénoncer Kirem, brisant ainsi toutes les lois tacites de sa culture, montrant ainsi qu'elle appartenait au camp des *bons*, au camp des Hollandais. Ne comprenait-il pas ?

— C'est justement ce que je fais, bredouilla-t-elle. Je suis là pour aider.

Une voiture s'approcha et le lieutenant invita Alissa à s'y asseoir.

— Parfait. Nous avons besoin d'une interprète.

Quand ils l'ont placé dans la cellule, Oumar a commencé par scruter les murs, chercher sous le banc, derrière le lavabo.

Mais Kirem n'était pas là.

Alors depuis, Oumar fixe la porte. Elle va s'ouvrir, son frère va entrer, trébucher comme d'habitude, ébouriffé, les yeux rivés au sol, comme si les policiers venaient de le réveiller.

L'air se raréfie. Les pas des gardiens rythment le temps. On ne hurle que dans sa tête. Combien sont-ils à le surveiller ?

Soudain, de l'autre côté de la porte, des cris éclatent. Il entend des chocs sourds contre les murs, des ordres rugis, le bruit d'une lutte qui s'intensifie. Un cri jaillit – un cri tchétchène – et Oumar reconnaît aussitôt la voix de son cousin.

Makhmoud est là. Les policiers le poussent dans le couloir. Il l'entend se débattre, hurler, insulter, mordre. Dans un instant, il va entrer dans la pièce, découvrir Oumar grimé en Adam. Dans un instant, il va le tuer. Il voudrait lever les bras, se protéger, appeler à l'aide. Mais Oumar n'a jamais eu le droit d'avoir peur. Il lève le menton et serre les mâchoires pour empêcher ses dents de claquer.

Les pas se rapprochent. Il s'éloigne de la porte précipitamment. Des mains poussent Makhmoud dans la cellule.

L'ampoule clignote. Elle protège une seconde sur deux Oumar de son cousin. Mais celui-ci l'aperçoit et aussitôt son regard est happé par le fond de teint d'Adam. Son jean à deux cents euros trop moulant, son tee-shirt violet presque rose.

Makhmoud fait quelques pas vers lui, les bras levés et prêt à frapper. Soudain, il s'immobilise et s'appuie contre le mur. Son dos glisse lentement jusqu'à terre. Il a le visage tuméfié, la lèvre inférieure ouverte. L'ampoule clignote toujours.

Pendant plusieurs longues minutes, il évite soigneusement de le regarder. Il fixe la lampe, cligne des yeux en rythme inversé, comme s'il voulait s'habituer à l'obscurité pour mieux le scruter.

Oumar peine à respirer. Il a dans sa cage un fauve et il ignore quand celui-ci l'attaquera. Il voudrait lui rappeler qu'ils sont du même sang. Lui dire : « Je ne sais pas ce que tu as fait avec mon frère. Je ne veux pas le savoir. » Il sent son cœur faire de grandes embardées dans sa poitrine. Il inspire.

— Est-ce que Kirem est vivant ?

Mais Makhmoud ne lui prête aucune attention. Du

sang coule sur sa joue blessée et, un instant, Oumar croit que Makhmoud le Terrible pleure.

Avec un frisson, Oumar se souvient du soir où Makhmoud l'a poussé contre un mur. De son avertissement : « Cette fois, tu t'en es sorti. Mais n'oublie pas qui tu es. » Il n'a pas été seul avec son cousin depuis près de dix ans. Entre eux, il y a toujours eu Kirem qui le protégeait, qui parait en silence les coups de leur cousin.

C'était plus facile d'oublier son frère lorsqu'il était seul dans la cellule. La présence de Makhmoud dans la pièce exiguë rend son absence encore plus lancinante.

— Dis-moi juste s'il est vivant, répète-t-il.

Son cousin se tait toujours. Il ôte ses chaussures malgré les menottes en plastique qui retiennent ses mains ensemble. Depuis la racine de ses cheveux, un filet de sueur descend le long de son front, suit l'arête de son nez en bec d'aigle. Il presse ses doigts contre ses yeux, comme si lui aussi voulait effacer le souvenir de Kirem. Les secondes deviennent minutes.

Cette fichue ampoule qui semble sur le point de lâcher. Oumar observe son cousin. Pourquoi ont-ils été placés ensemble, dans la même cellule ? Les prisons néerlandaises affichaient complet ? C'est absurde. Oumar examine la porte. Le liséré de lumière près du sol est entièrement obscurci par les pieds des policiers. Ils sont là, à écouter chacun de leurs mots. Ils ne comprennent rien, puisque Oumar et Makhmoud parlent en tchétchène.

À moins qu'ils n'aient fait venir un interprète, quelqu'un qui comme Adam a « oublié qui il est ». Un Tchétchène qui aide la police.

Oumar voudrait lui aussi oublier qui il est, redevenir Adam. Peut-être alors parviendrait-il à les crier, ces mots qu'il retient de toutes ses forces. Il dirait : « Tout ça, c'est ta faute », et il demanderait : « Où est Kirem, Kirem, KIREM ? », jusqu'à ce que Makhmoud en devienne fou. Il lui cracherait à la figure et il regarderait avec satisfaction la salive se mêler au sang.

Mais il n'y a qu'Adam pour avoir ce courage. Oumar, lui, n'a appris qu'à se taire.

L'ampoule clignote de plus en plus faiblement et il a l'impression que Makhmoud se recroqueville contre le mur, pieds nus, mains meurtries. Plus son cousin rétrécit, plus Oumar a le vertige, comme si l'échelle du monde s'inversait. Le temps semble ralentir, les secondes s'alignent sur le pouls de la lampe.

Une heure ou deux passent, le temps est devenu lave. Oumar n'a pas bougé. Makhmoud reste prostré. Kirem n'est toujours pas là. S'est-il enfui, a-t-il été arrêté ? Peut-être est-il enfermé ailleurs, dans une autre cellule. Crie-t-il le nom de son frère aussi ?

Brusquement, comme s'il obéissait à un signal que lui seul a perçu, Makhmoud se lève. Il attrape l'une de ses chaussures et la lance vers le plafond. L'ampoule se brise, la cellule plonge dans le noir.

Oumar l'entend se glisser jusqu'à lui. Il est tout proche.

— Pardon, Oumar, mais il le faut, murmure-t-il.

Oumar perçoit son souffle et avant qu'il ne puisse reprendre sa respiration, les mains de son cousin compriment son cou.

La porte s'ouvre. Des ombres interviennent, frappent, s'emparent de Makhmoud. Il se débat, tombe à terre, se relève. Quand Oumar croise une dernière fois son regard, c'est comme s'il n'y avait plus de sol.

La haine a consumé le monde.

— Pardon, Oumar, mais il le faut.

L'enfant, le grand, l'avait dit à voix basse, pour ne pas réveiller les grands-mères assises dans le coin près du poêle. L'enfant, le petit, frêle et vacillant, avait hoché la tête et s'était allongé sans dire un mot.

Un filet de sang tiède avait coulé sur son visage et il avait à peine perçu la douleur. Il avait fermé les yeux. Il fallait faire un mort convaincant. Il écouta son cousin s'agiter autour de lui, tirer des balles à blanc contre les ombres, rouler par terre dans la poussière, grincer des dents.

— J'ai plus de cartouches, grimaça Makhmoud, et il fouilla le cadavre du soldat russe à la recherche de munitions.

Oumar faisait de son mieux pour rester immobile, les mains de son cousin le chatouillaient.

Makhmoud lui donna un coup.

— Arrête de bouger. Les soldats russes ne bougent plus quand ils sont morts. Ils ouvrent les yeux dans la neige et ils se taisent. Alors ne bouge pas, ne fais pas la princesse, ne tends pas les bras. J'ai pris mon couteau et je te l'ai enfoncé de bas en haut, jusqu'au cou, comme Papa m'a dit de faire. Tu ne peux plus bouger, ton âme s'est enfuie avant même de mourir, quand elle m'a entendu courir vers toi avec des hurlements de joie.

Oumar n'écoutait pas vraiment Makhmoud, absorbé par la sensation de chaleur de ses mains sur son corps. Elles étaient de pierre quand elles le frappaient, et pourtant si douces et légères lorsqu'elles exploraient jusqu'aux moindres recoins de son corps. Avait-il vraiment caché ses munitions là ? Les soldats russes étaient capables de tout et rien ne rebutait Makhmoud.

Oumar retenait son souffle, attentif à ne pas effrayer les doigts de son cousin.

Au coin du feu, les *babouchki* s'inquiétaient du bois qui venait à manquer. Oumar les entendait maugréer contre sa mère, la recommander aux mille diables. C'était à cause d'elle, tout ça. Quelle idée de vouloir demander aux Russes un peu de pain ! Elles mangeraient les cendres du feu plutôt que le pain offert par l'ennemi !

Sans ouvrir les yeux, Oumar écouta la nuit arriver dans la cave. Makhmoud n'avait pas trouvé de munitions et s'était lassé de fouiller le corps de son cousin. Il s'amusait à recouvrir sa blessure de papier journal, c'était comme ça que l'on soignait les *boïeviki*[1] blessés lorsqu'il n'y avait plus de pansements.

1. Combattants rebelles des régions du Caucase.

Leurs mères les gronderaient, pensa Oumar. Il n'aurait peut-être pas dû accepter que Makhmoud lui fasse cette entaille au front. Sur son nez, il sentit son cousin appliquer un baiser mouillé.

— Oumar, tu me pardonnes ?

Le lieutenant Janssen se massa d'abord les tempes puis, d'un air extrêmement las, il dit :

— Ce n'est pas un bavard.

Comme Kirem, pensa Alissa, mais elle se reprit : c'était faux, Oumar n'était pas comme Kirem. On l'entendait éclater de rire au bout du couloir, chahuter avec ses camarades, se lancer dans des débats interminables. Il avait trouvé à l'école une poche de liberté, avait deviné Alissa dès le premier jour, et son exubérance révélait les restrictions que sa culture lui imposait. C'était l'un des enfants les mieux intégrés du lycée. Il était de toutes les fêtes, de chaque association, flanqué d'un grand blond un peu pâle, un certain François avec qui il avait une amitié fusionnelle, comme tant d'adolescents de son âge.

À plusieurs reprises, Alissa s'était dit qu'Oumar ne ressemblait pas à un garçon tchétchène. Elle l'avait d'ailleurs entendu mentir sur ses origines, comme elle. Une autre professeure se serait inquiétée de ce reniement : il aurait été convoqué à la fin d'un cours et on lui aurait expliqué que commencer une nouvelle vie ne signifie pas renoncer à son passé. « Tu dois être fier de tes origines, Oumar. » Pas Alissa. Elle savait ce que cachaient ces phrases toutes faites, mastiquées par des gens à la vie lisse. On ne peut pas entrer dans une nouvelle maison tout en gardant un pied dans l'autre. Les portes laissées ouvertes suscitent des courants d'air. Et personne n'aime les courants d'air.

Il n'y avait qu'une seule voie d'intégration. Celle qu'Oumar et Alissa avaient choisie. Faire table rase, prétendre que rien n'avait existé. Donner à quelques souvenirs un accent folklorique et éteindre les autres, comme on étouffe un feu pour laisser les braises vivre plus longtemps, à l'abri des regards.

Un simple subterfuge. C'était ce que Kirem n'avait pas compris.

Quand elle était entrée dans cette petite salle exiguë, située au sous-sol, plusieurs hommes au visage crispé se serraient déjà contre la vitre sans tain, comme devant un aquarium. Alissa n'avait pas reconnu Oumar. Il était assis de l'autre côté, menotté sur une chaise, les yeux baissés et le cou entouré d'une épaisse gaze médicale.

Elle avait frémi.

Que se serait-il passé si elle n'avait pas entendu le murmure de Makhmoud ? Chez eux, quand un adieu s'accompagnait d'une demande de pardon, le meurtre n'était jamais loin. Pendant un très court moment, Alissa avait hésité : c'était une histoire de famille. On ne se mêle pas des histoires de famille. Les frères tuent leurs cousins, les pères tuent leurs fils. Ils ont leurs raisons et le rôle des femmes est de pleurer les morts, non d'empêcher les armes de tirer ou les mains d'étrangler. On enterre le corps en silence et on affirme aux étrangers qu'une maladie fulgurante l'a placé sous terre. Une incurable gangrène de haine.

Surtout ne pas juger, ne pas évoquer la douleur de ceux qui ont tué.

Mais Alissa n'était plus tchétchène, elle était néerlandaise. Surtout, elle avait décidé d'aider la police. Et même si celle-ci semblait vouloir jouer avec la vie d'Oumar en le plaçant avec ce loup féroce, tout en muscles et colère, Alissa ne s'était tue qu'une seconde avant de se mettre à crier :

— Il va le tuer ! Il va le tuer !

Par ce simple cri, elle avait trahi. Il n'y avait plus de retour en arrière possible.

Le regard rivé au sol, le visage dénué d'expression, Oumar opposait un silence buté aux questions des policiers. Le même que celui de Kirem quand Alissa le questionnait sur une extravagance grammaticale de la langue russe. Elle aurait pu dire aux policiers : « Ça ne sert à rien. Il se taira jusqu'à la fin du cours, de l'interrogatoire. Il attendra que la cloche sonne et rentrera dans sa cellule sans avoir prononcé un mot. »

Elle s'était souvent dit que les deux frères se ressemblaient, mais jamais leurs similarités ne lui avaient paru aussi criantes qu'aujourd'hui. Des fossettes sur des joues creuses, une pâleur parsemée de quelques boutons rosâtres, des cernes presque violacés qui chargeaient leurs yeux d'une fatigue de vieillard. Et des boucles noires, lourdes, épaisses, où se concentrait toute leur énergie adolescente. Kirem les laissait, indomptables, s'éparpiller sur son front, Oumar les plaquait derrière ses oreilles, assagissait le tourbillon de ses cheveux pour laisser respirer son regard.

Seuls dénotaient leurs habits. Jamais Kirem n'aurait porté ce tee-shirt violet délavé. Trop féminin peut-être ? Oumar, lui, aimait les vêtements à la mode. Un jour, un samedi à Amsterdam, Alissa l'avait croisé en petit polo et bermuda. Elle n'avait jamais vu les genoux d'un homme tchétchène. Gênée, elle avait détourné le regard.

Oumar ne répondait toujours rien, malgré l'énervement croissant du policier qui lui rôdait autour. Elle eut envie de marteler la vitre de ses poings, de hurler dans leur langue : « Arrête, Oumar, fini de jouer, dis-leur la vérité, trahis ton frère. Tu verras, ce n'est pas si difficile. » Mais elle ne dit rien et serra les poings dans ses poches.

Un homme cagoulé finit par entrer et soulever Oumar par les aisselles pour le ramener dans sa cellule. Les policiers poussèrent un long soupir agacé.

— On perd notre temps, il ne dira rien.

— Et l'autre non plus, c'est une tombe.

Dans la salle d'à côté, les policiers avaient placé Makhmoud. Alissa l'avait vu assis, raidi, les bras tordus sous une sorte de camisole, décochant de brusques regards autour de lui.

Il avait les yeux enfoncés dans des cernes grisâtres, le haut des paupières rayé de griffures et, dès qu'un policier s'approchait de lui, il vissait ses prunelles aux siennes pour lui montrer qu'il ne le craignait pas. Son visage était un masque de pierre où les coups pouvaient s'abattre sans qu'il cille. Les policiers s'en doutaient ; ils ne le touchaient pas. Ils tournaient autour de lui en le harcelant de questions. Makhmoud ne disait rien. Mais au bout d'une heure, Alissa avait aperçu une veine sur le front battre d'un pouls accéléré, elle avait vu la lèvre du molosse trembler, la pierre se fendiller. Il avait peur.

Un homme frappa à la porte avant de l'ouvrir à demi.

— L'équipe de Leyde est de retour, lança-t-il.

Le lieutenant Janssen se tourna vers Alissa.

— Bon, c'est fini pour vous aujourd'hui. On va vous raccompagner chez vous.

L'air légèrement préoccupé, il la fixa un instant et ajouta :

— Ne sortez pas demain. Restez à la maison.

Sans un mot de plus, il la congédia, montrant la porte du menton.

L'homme en uniforme bleu avait un prénom, apprit-elle.

— Je m'appelle Julian Denoor, dit-il sans lui serrer la main. Je n'ai pas eu le temps de me présenter ce midi, les circonstances étaient particulières.

Il avait par son poste pris l'habitude de parler par euphémismes et détours. Mais sa voix se teintait d'un peu plus de chaleur que sur le parking du lycée et Alissa lui en fut reconnaissante. Elle sentait monter en elle une immense fatigue, par vagues électriques, et ses os paraissaient prêts à rompre.

Elle s'affaissa sur la banquette arrière de la voiture. L'officier Denoor s'assit au volant, séparé d'elle par un grillage, comme si elle était un chien incontrôlable ou un suspect dangereux. Mais non, c'était impossible. Elle avait joué au *iamartkho*[1], au rat pour eux, elle avait violé la loi du silence. Elle était de leur côté.

L'officier revêtit un pull informe par-dessus sa chemise bleue.

— Il y aura certainement des journalistes à la sortie. Mettez ça sur vous si vous ne voulez pas être filmée.

Il lui lança une couverture qui empestait la sueur.

Elle s'exécuta. Le choc mat des caméras contre les vitres la fit tressaillir. Elle eut la sensation de revenir quinze ans en arrière, quand sa mère lui ordonnait de se recroqueviller sous les sièges. Pour éviter les

1. Traître.

balles, les regards, pour fuir sans que personne le sache.

— C'est bon, ils sont loin maintenant. Vous pouvez vous rasseoir et attacher votre ceinture.

À regret, elle obéit et se redressa. Il faisait nuit. *21:49*, indiquait le tableau de bord en chiffres rouges. La Haye était vide, les devantures des restaurants fermées. Hendrik, se souvint-elle tout à coup. Ils devaient dîner ensemble : cela lui parut être une promesse faite par quelqu'un d'autre, à une autre époque. Combien de temps l'avait-il attendue ? Peut-être avait-il compris par lui-même. On ne dîne pas dehors quand ses élèves ont été tués par une bombe à la cantine. On n'hésite pas entre une entrée et un dessert, un languedoc ou un malbec, un soir d'attentat.

Bien que seul sur la route, l'officier Denoor respectait les feux rouges et les passages piétons. Des militaires patrouillaient en armes ; Kirem était toujours en fuite, devina-t-elle.

— Vous allez voir, chez vous, c'est un peu le bazar. Une perquisition, c'est un peu comme si une tornade entrait dans un appartement.

Au fur et à mesure que la voiture s'éloignait du commissariat, sa voix quittait ses intonations métalliques. Elle semblait presque affectueuse. Non, elle n'était pas considérée comme suspecte, se dit-elle avec soulagement.

L'officier épia Alissa par le rétroviseur ; ses cils, d'un brun aussi foncé que ses cheveux, gommaient le bleu de ses pupilles.

— On a trouvé des trucs intéressants chez vous, dit-il en sortant de la boîte à gants un dossier rouge, retenu par un élastique noir.

Il appuya sur un bouton qui leva à moitié la grille les séparant, et lui tendit le dossier sans quitter la route du regard.

— Ce sont les photocopies des devoirs du… terroriste.

« Il s'appelle Kirem », eut-elle envie de dire, mais elle était elle aussi devenue incapable de prononcer le prénom de l'ennemi numéro 1 des Pays-Bas.

— Ce qui est curieux, c'est qu'il n'écrivait pas en russe. Je crois que c'est du tchétchène, pas vrai ?

Elle le regarda, étonnée qu'il puisse reconnaître la différence : seules quelques graphies distinguaient les deux alphabets. S'apercevant de sa surprise, il expliqua :

— Je suis sorti quelque temps avec une fille de Volgograd, j'avais appris le cyrillique pour impressionner ses parents. D'ailleurs, vous êtes bien sévère comme prof. Y a des exercices de déclinaison qui m'ont convaincu que j'avais bien fait de la quitter.

Il lui adressa un sourire en coin et, pour la première fois depuis ce midi, elle sourit à son tour.

— Vous voulez que je traduise ses rédactions, c'est ça ? demanda-t-elle.

— C'est ça.

Elle se tut. À l'idée de lire ces rédactions sans sens, le courage lui manquait. Mais elle ne pouvait pas refuser. Elle devait aider la police. Pourraient-ils changer d'avis et la considérer comme suspecte si elle cessait de *coopérer* ? L'officier Denoor continuerait-il à lui parler si gentiment si elle disait non ?

Pouvait-on lui ôter la nationalité néerlandaise et la renvoyer là-bas ?

Elle se sentait si vulnérable, piégée.

— Il était comment en classe, le terroriste ? demanda l'officier Denoor.

— Je l'ai déjà dit au lieutenant Janssen, réponditelle, et dans sa tête elle fut soulagée d'avoir su prononcer correctement cette succession de consonnes nasales. C'était un élève très silencieux, il restait dans son coin.

— Et ça ne vous a pas mis la puce à l'oreille ?

Un instant, elle crut qu'elle allait perdre pied et se mettre à hurler. « Vous n'avez rien vu venir ? » Elle pressentait que cette question reviendrait très souvent, quand elle n'allait pas elle-même la ressasser. Personne ne lui pardonnerait jamais de ne pas avoir déchiffré l'âme d'un enfant qu'elle voyait quatre heures par semaine. Elle respira un grand coup.

— Non, dit-elle simplement.

L'officier Denoor tordit la bouche en une moue dubitative, puis s'engouffra d'un coup de volant dans la rue. Elle s'écria :

— S'il vous plaît, ne vous garez pas devant chez moi ! Je ne veux pas… Les voisins vont croire…

— Bien sûr. Je vais vous laisser ici, ça vous va ?

Elle acquiesça. Il la salua de la main et, avant de redémarrer, il pencha la tête par la fenêtre.

— Restez chez vous demain. On ne sait pas ce que peut décider de faire le terroriste, il pourrait très bien venir se venger de vos impitoyables interros de grammaire.

Elle esquissa faiblement un sourire.

— Plus sérieusement, on a besoin de vous. Donc, soyez prudente.

Il démarra en trombe. Quelques têtes se penchèrent par les fenêtres. Une télévision, ou une radio, bourdonnait des nouvelles au loin. Elle se hâta de marcher vers son immeuble : elle avait l'impression que le seul fait d'être dehors la désignait comme coupable. À deux reprises, elle se trompa en composant le code de son immeuble. Son sang afflua au visage : et si elle avait été expulsée ?

Non. C'était toujours le même code.

Les cinq étages à gravir lui parurent interminables. Elle était incapable d'affronter le huis clos de l'ascenseur, le miroir grossissant, la lumière blafarde de cette pièce prête à se transformer en cellule à tout moment.

Lorsqu'elle arriva devant son palier, elle fit immédiatement un pas en arrière. Il n'y avait plus de porte. Le sol était jonché de débris. Un petit carré en plastique reflétait la lumière du plafonnier : c'était son prénom internationalisé et son nom impossible à changer. *Alice Zoubaïeva.* Fardeau et héritage, peine et honneur. Elle imagina les policiers défoncer sa porte, marcher sur son nom sans s'en rendre compte.

Elle tenta de retenir ses larmes. On ne pleure pas

pour une porte détruite quand son élève a tué vingt-deux de ses camarades. Mais elle n'y parvint pas et éclata en sanglots, à genoux sur le sol, prostrée comme une enfant chassée de chez elle.

Ce fut le cliquetis d'une poignée derrière elle qui la força à se ressaisir. À l'idée de ses voisins rivés à l'œil-de-bœuf, elle se redressa d'un coup. Avaient-ils assisté à la perquisition ? Qu'allaient-ils penser d'elle désormais ? Elle avait toujours pris soin de ne pas nouer son foulard dans l'immeuble, de s'éloigner de quelques rues avant de cacher ses cheveux lorsqu'elle allait à la mosquée. Elle avait aussi appris à faire des *pannenkoeken* et à embaumer le palier d'odeurs de beurre fondu. Elle avait fait tout comme il fallait. « Alice », la gentille voisine. Toujours prête à dépanner d'un œuf ou d'un peu de sucre. Une jeune femme à l'accent étrange, certes, mais qui arrosait les plantes et nourrissait les chats en cas d'absence. On pouvait compter sur elle. Bien sûr, on la dévisageait toujours lorsqu'elle se montrait en compagnie de Hendrik, un bon gars de chez nous qui croyait l'herbe plus verte ailleurs. Mais elle était en voie d'être acceptée. Et voilà que les policiers détruisaient sa porte. Tous ces efforts pour rien.

Alissa lorgna les portes intactes de ses voisins avec l'envie subite de les tambouriner de coups, d'arracher les noms au-dessus des sonnettes. Ils avaient grandi à l'abri, ces quadragénaires si pâles, aux vies si réglées, aux visages aussi insipides que la façade de leur immeuble, ils n'avaient jamais su ce que c'était de partir, oublier, effacer, reconstruire. Ils ne savaient pas, ils ne sauraient jamais. Quant à elle, ce n'était pas la première fois qu'elle revenait chez elle pour découvrir les livres tombés de leurs étagères, le sol jonché de papiers et d'éclats de verre, la cuisine saccagée.

À ceci près que cette fois, les mains des hommes avaient remplacé le souffle des bombes.

Frikkie était terré sous le lit et même l'odeur des croquettes ne le fit pas sortir de son affolement. Elle récupéra son téléphone, couvert de poussière. Hendrik l'avait appelée une quinzaine de fois. Il devait être furieux. Elle l'imagina en train de fusiller du regard chaque personne entrant au restaurant, comme si elles étaient responsables de son absence. Elle devait inventer une excuse, le préserver de l'irruption de son passé. Hendrik était sa normalité. Sa réussite, la preuve de son intégration parfaite sous tous les angles. Elle trouverait les mots pour se faire pardonner. Pas ce soir. Demain.

Dans le salon, elle décrocha un des rideaux pour le river à l'encadrement de la porte d'entrée. Cela ferait l'affaire pour la nuit. Sur le canapé, des classeurs éventrés offraient leurs anneaux de fer, prêts à s'abattre en un claquement. Tous ses cours et les copies de ses élèves, pas seulement celles de Kirem, avaient été saisis par la police. Son ordinateur aussi.

Elle s'aperçut avec stupéfaction que les enquêteurs avaient aussi vidé sa bibliothèque. Son exemplaire du Coran avait disparu tout comme l'intégralité de ses livres en russe.

Que pensaient-ils y trouver ?

Kirem refusait de parler et d'écrire russe. Comment ces livres qu'il n'avait certainement jamais lus pouvaient-ils aider l'enquête ?

De nouveau, Alissa se dit qu'elle péchait par naïveté. Elle aidait des hommes qui lui demandaient de prendre des risques tout en mettant en doute son innocence. Ils la plaçaient dans une voiture grillagée, détruisaient sa porte, saisissaient ses cours et ses lectures. Dans quelques jours, ils lui passeraient les menottes et elle prendrait la place d'Oumar et Makhmoud sur les chaises derrière les vitres sans tain, à la différence qu'elle, elle n'avait rien à avouer.

Un long frisson lui parcourut l'échine. Non. L'officier Denoor l'avait dit. Ils avaient besoin d'elle. Ils s'assuraient simplement de sa loyauté en procédant à quelques vérifications. Elle était un témoin, l'une des clés pour absoudre Oumar et décoder Kirem.

D'accord, elle avait parfois cédé à l'agacement et négligé cet élève. Elle s'était justifiée en disant qu'elle préférait accorder son temps et son attention à ceux qui travaillaient, désiraient apprendre.

Elle n'était coupable de rien.

Sauf de l'avoir condamné au silence.

Tu voudrais que je te raconte quoi, avec tes consignes pour enfants sages « racontez au passé un souvenir qui vous est cher » je n'ai aucun souvenir que je ne voudrais effacer et toi tu veux que je te l'écrive en russe, mais je vais te le dire en tchétchène puisqu'il n'y a que nous pour comprendre ce que nous avons vécu

les gens ils disent « il a connu la guerre c'est pour ça qu'il est étrange » et j'ai envie de les frapper parce qu'ils ne savent pas de quoi ils parlent, ils pensent que la guerre c'est comme à la télévision avec des immenses fumées dans le ciel, des gens qui pleurent et qui sortent des enfants couverts de poussière blanche des décombres de leur immeuble

ils ne savent pas que la guerre c'est la cave l'attente la faim les gens qui s'éteignent l'impuissance les mots qui ne servent à rien face aux soldats l'humiliation les souvenirs qu'on veut jeter et qui restent comme tatoués sur le blanc de l'œil : tu clignes des yeux et la guerre revient, tu regardes ailleurs, elle est toujours là, tu dors, elle t'attend tapie dans le noir.

un souvenir qui m'est cher, madame la professeure, si cher que je veux bien te le vendre : mon frère est allongé sur le tapis, il m'a laissé le lit, ma mère est partie, mon père je ne sais même plus à quoi il ressemble et une vieille dame chantonne près de nous tout en regardant le ciel par la fenêtre

au début je pense que la nuit est pleine d'étoiles filantes

mais je sens Oumar trembler et gémir je suis trop petit pour avoir peur mais je comprends que *là-bas* dans le quartier où nous vivions avant, les étoiles tuent lorsqu'elles tombent et je me mets à pleurer parce que le bruit se rapproche

la vieille dame s'arrête de chanter. Elle me dit dès que tu vois de la lumière dans le ciel ferme les yeux et compte jusqu'à cinq

si une fois que tu as compté tu sens le souffle te caresser le visage, ouvre les yeux et remercie Allah

mais si à cinq tu ne sens pas le souffle sur tes joues tes yeux resteront fermés et tu dormiras dans les bras de ton père.

Alors, madame la professeure, tu le veux ce souvenir ?

Oumar tourne en rond dans sa cellule. Il voudrait hurler mais il n'ose pas de peur qu'on l'écoute, qu'on traduise ses cris comme on a traduit le murmure de Makhmoud.

Il touche son cou bandé, la peau le brûle encore. Makhmoud a voulu le tuer. Il répète cette phrase en boucle pour donner du sens à ce trou noir, cette sensation de vide. Makhmoud a essayé de le tuer.

Il savait que ce jour viendrait. Sa vie n'a été qu'une longue répétition de ce moment. Il n'a plus le droit de vivre, il est en sursis depuis la cicatrice.

Il sait ce que pense Makhmoud : une *honte* et un traître en puissance. Son cousin doit croire qu'il s'apprête à tout dire, à tout révéler. Mais Oumar ne dira rien. Que Kirem soit vivant ou mort, il se taira.

Il se laisse glisser contre un mur. Il va devenir fou. Il repense à cette main tenue sous la table, cette dernière bravade d'Adam. Il repense à cet après-midi d'été qui débutait, à Sonia la serveuse qui débarrassait les tables sans lui, puisqu'il était venu non pas pour travailler mais pour prendre un café comme les autres clients.

Que pense-t-on de lui, là-bas ? Acceptera-t-on de le reprendre comme serveur ? Sonia lui adressera-t-elle encore la parole, maintenant qu'elle l'a vu au sol, arrêté et menotté, comme un dangereux terroriste ? *Comme*. Bientôt, ils barreront ce mot. Qui croit encore à son innocence ? Qui osera désormais lui tenir la main sous la table ?

Les joues d'Oumar brûlent d'une honte plus violente que celle d'Adam. Il imagine le patron et Sonia pliés en deux pour ramasser les débris de la porte vitrée, attentifs à ne pas se couper avec les éclats de verre. Quelques clients sont peut-être restés pour les aider, le temps d'absorber le choc d'avoir été au cœur des événements.

Dans sa cellule silencieuse, il entend leurs conversations monter en volume. On nettoie les tables. On empile les chaises, on ferme les deux parasols jaunes en terrasse et on les entoure d'une petite cordelette blanche. On se regarde du coin de l'œil. « Je pensais qu'il s'appelait Adam mais ils ont crié Oumar », dit Sonia.

Le patron observe avec lassitude la poignée défoncée de la porte. « On ne peut plus faire confiance à personne », répond-il, et il hausse peut-être les épaules.

Au bar, le garçon à qui Adam avait caressé la main allume une cigarette. La flamme du briquet tremble légèrement. Il pose la cigarette entre ses lèvres ourlées, d'une parfaite régularité.

Oumar se retient de crier. Il ne donnera pas ses cris à l'interprète, le *iamartkho* tapi près de la porte, qui trahit son peuple.

Cette fois, la cellule n'a pas d'ampoule, mais un néon éclatant qui ne projette aucune ombre sur les murs blancs. Il tourne en rond. Il va du lit au lavabo, du lavabo à la porte, de la porte au lit, il compte ses pas pour effacer ses pensées. Sous le bandage, son cou lui fait toujours mal : les mains de Makhmoud semblent ne pas vouloir desserrer leur étreinte.

Makhmoud a essayé de le tuer. Où est Kirem ?

Les mêmes mots, les mêmes interrogations tournent comme des mouches à viande dans sa tête. C'est un cauchemar, c'est impossible, il doit se réveiller. Avec effarement, il se rend compte qu'il ne réussit plus à penser en néerlandais ; il ferme les yeux et se concentre. Que lui disait la professeure Zoubaïeva ? Quand le néerlandais s'enfuit, c'est que tu as laissé le passé absorber le présent. Les consonnes tchétchènes en *kh*, *rktch*, *tchkr*, ont mangé les *aan*, *en*, *ijn*, ces voyelles qu'il a tant peiné à apprivoiser. Le russe aussi a disparu. Il respire, expire, prend de nouveau une grande inspiration. Ne pas paniquer. Tout va s'arranger. Kirem est vivant. Il est vivant. On le lui aurait dit, sinon. Personne n'est assez cruel pour cacher la mort d'un frère, même à un terroriste. Les Néerlandais ne font pas ça, non ?

Il regarde ses mains pour ne pas penser à sa mère, allongée sur son lit après une nouvelle crise. Ses grands yeux écarquillés qui fixent les ombres sur le plafond… Qui l'a aidée à se lever, à s'habiller, qui lui a expliqué les questions des policiers ? Peut-être n'a-t-elle pas eu besoin de traduction. Le mot *terrorisme* est international. La terreur est universelle. Le mot latin, *terror*, a traversé les siècles pour devenir *terreur* en néerlandais, *terror* en russe. Au fil des guerres, il a fini par pénétrer la langue tchétchène. Pourtant, il ne remplacera jamais le *kkheram*, la peur dont est saisie l'âme lorsqu'une bombe siffle dans le ciel, un couteau s'approche dans la nuit, un regard devient fou près de soi, quand un acte irréparable s'apprête à être commis…

Oumar s'arrête un instant de marcher, chancelant sous le poids du *kkheram* qui s'engouffre en lui, pétrifie son souffle. Il jette un coup d'œil affolé vers la porte. On l'observe et on l'écoute, il en est convaincu. Un mouchard tchétchène a été mandaté pour relater ses faits et gestes, pour le dénoncer s'il se met à crier le nom de son frère, qui lui brûle les lèvres.

Il tente de se calmer. Après tout, l'interprète traître, le *iamartkho*, lui a sauvé la vie. Il n'est pas dit qu'il lui veuille du mal. Il a averti les policiers en entendant Makhmoud lui dire adieu. S'il ne l'avait pas fait, son meurtre se serait déroulé dans le silence. Les familles tuent sans un bruit et tous autour participent à l'omerta. Pour que le *iamartkho* ait décidé de braver cet interdit, il faut qu'il ne soit plus tchétchène depuis longtemps, songe Oumar. Comme lui.

Il sait qu'il n'y a pas que le traître qui le guette,

il y a aussi les policiers. Il pourrait leur dire qu'il a un alibi : cette main sous la table. Mais s'il parle de l'homme avec qui il a bu un café, il risque plus que des années perdues dans une cellule étouffante. La honte pour toujours, la mort à coup sûr. Cette fois, Makhmoud ne daignera même pas dire adieu et si ce ne sont ses mains qui l'étranglent, ce seront celles d'un autre cousin, d'un oncle ou même d'un inconnu. Si son secret est su, il est perdu.

Comme si un spasme l'avait saisi, Oumar s'agenouille et pose son front sur le sol. Le béton est froid. Oumar n'a pas prié depuis plusieurs années, mais il en perçoit aujourd'hui un besoin si fort que les larmes gonflent ses paupières. Par où se tourner ? Dans quelle direction se trouve La Mecque ? Il espère que sa prière saura s'orienter seule. Il cherche les mots, tant de fois répétés, pour se calmer. Mais ce sont les souvenirs qui affluent. L'odeur des tapis de son enfance, dont la poussière le faisait éternuer. L'ennui à la mosquée, les coups de coude de Makhmoud quand il manquait de s'endormir. Le ballet des corps qui se prosternaient et se relevaient, une vague infinie d'hommes, de pères en fils, de prières en appels.

Puis les mosquées s'étaient transformées en abris antiaériens et les imams avaient appris à se taire au sifflement d'une bombe. Oumar s'est fondu en Adam et il n'a plus jamais osé accompagner Kirem et Makhmoud à la prière du vendredi.

À force d'être plaqué contre le sol de la cellule,

son front s'est glacé et sa nuque s'est raidie. Pour la première fois depuis ce matin, un calme diffus l'envahit. Il retrouve la litanie des mots exigés par Allah. Et il prie.

Il lui semble entendre sa mère quémander avec lui la clémence pour sa famille, sa voix inlassablement répéter : « Ramenez mon mari, Souleiman. Renforcez la santé d'Oumar. Donnez le bac à Kirem. » Et il entend aussi Makhmoud gronder : « On n'implore pas Allah. Il ne nous doit rien. » Oumar revoit le visage de son cousin tordu par le mépris, et il se demande si ce n'était pas plutôt le dépit d'être oublié par Taïssa dans ses supplications. « Donnez-moi la force d'aimer Makhmoud. »

Oumar poursuit sa prière, et comme Taïssa, il demande à Allah de revenir quelques années, quelques jours, quelques heures en arrière. Dans cette cellule qui manque d'air, il se calque sur les rythmes essoufflés de Kirem et Makhmoud. Il les sent tout près de lui.

Quand Alex poussa la porte de son appartement, il trouva ses deux colocataires dans la cuisine, en train de préparer des pâtes. Un instant, il crut qu'ils n'étaient pas au courant ; jusqu'à ce que Lukas tourne sa tête vers lui, le visage empreint d'une gravité qu'il ne lui avait jamais vue.

— T'as entendu ce qui s'est passé ?

Alex ne répondit pas. Il se laissa tomber sur une chaise. L'odeur des lardons que remuait Tom dans une poêle crasseuse lui retournait l'estomac. En bon Américain, son colocataire aimait assaisonner ses plats de ketchup, et il en avait visiblement vidé un tube entier sur les tranches de lard.

— Mes parents me demandent de rentrer tout de suite à la maison, dit Tom. Ça leur fait peur, tous ces attentats.

— Deux bombes dans un lycée, reprit Lukas. Qui peut être assez inhumain pour tuer des gosses ? Qui ?

« L'homme que j'ai embrassé hier », faillit répondre Alex.

Mais il n'en était pas sûr. Il ne savait rien de précis, rien de concret. Il était comme tous les autres ; il avait perdu le fil des événements dès que la police avait défoncé la porte du café. Il entendait encore leurs cris, ce « à terre ! ». Comme s'ils étaient dans un film, un mauvais film dont le générique tardait à libérer les personnages de leurs rôles.

Lorsque Alex avait vu les policiers relever Adam et le jeter dans un fourgon, il s'était figé un long instant, incapable de bouger ou de parler. Qu'est-ce que cela voulait dire ? Pourquoi l'emmenaient-ils ?

Dans le café, le patron et la serveuse avaient été les premiers à briser le silence. Un policier, l'un des quatre restés sur place, avait ôté sa cagoule. Il leur avait demandé si Adam était un habitué des lieux.

— Il travaillait chez nous depuis deux ans, c'était un bon garçon, même s'il était souvent en retard, avait raconté le patron, la voix lourde, comme s'il prononçait un éloge funèbre.

Fébrile, la serveuse, une blonde lavasse aux sourcils trop épilés, avait ajouté qu'Adam était serviable, toujours prêt à la remplacer, qu'il avait des projets de cinéma, de films. Il avait un accent très prononcé, une politesse aux formules surannées et il acceptait toujours de travailler tard le soir.

— C'était un gentil, vous comprenez ? avait-elle répété.

Mais non, le policier ne semblait pas comprendre.

— Et aujourd'hui, il travaillait ?

— Non, il était venu en tant que client, il buvait un café avec un ami.

— Vous pourriez me montrer cet ami ?

Alex s'était raidi en entendant la question du policier. Le regard de la serveuse avait glissé sur lui et s'était arrêté sur un autre garçon, d'une vingtaine d'années lui aussi. Le jeune homme avait subitement blêmi et s'était écrié :

— Non, non, je ne le connaissais pas !

Il avait eu beau protester, on lui avait demandé avec fermeté de venir au poste « histoire de procéder à quelques vérifications ».

Alex l'avait regardé s'éloigner en se demandant s'il devait dire quelque chose – mais quoi ? Il ne savait rien d'Adam. Ils s'étaient embrassés hier et il l'avait attendu aujourd'hui une demi-heure à ce café. C'est tout. Ils avaient à peine eu le temps de se parler. Non, il n'avait rien à dire et, de toute façon, les mots seraient restés coincés dans sa gorge.

Alors, comme les autres clients, à qui la police avait conseillé de rester à l'intérieur du café jusqu'à nouvel ordre, Alex avait aidé à nettoyer les débris de verre de la belle porte vitrée. Il avait bu d'un trait le café offert par le patron et écouté la serveuse répéter en boucle les mêmes questions. Pourquoi les policiers avaient-ils crié « Oumar » ? Il s'appelait Adam, elle en était sûre. C'était une coïncidence, cette arrestation et l'attentat du lycée. Un garçon au regard si doux, qui essuie les tables méticuleusement et qui boit un verre de rouge tous les soirs, ça ne peut pas poser des bombes. Elle le saurait. Elle le connaissait.

Alex, lui, l'avait écoutée avec l'envie furieuse de se boucher les oreilles.

— Au fait, tu n'avais pas une *date*, toi, aujourd'hui ? demanda Tom, qui versait ses immondes lardons au ketchup sur les pâtes à peine égouttées.

— Si.

— C'était avec le mec d'hier soir, c'est ça ?

— Oui.

Il ne mentait pas, mais sa réponse lui parut déformer la réalité. Était-ce vraiment avec le mec d'hier soir ? Celui qu'il avait embrassé au *Gaydar* ?

Habituellement, Alex ne s'attardait pas dans ce bar situé au coin de rues dont les *Prins* tutélaires offraient leurs portes cochères aux amoureux d'un soir. La scène du *Gaydar* était trop petite, la musique répétitive, les hommes tous pareils.

Il y allait le dimanche soir uniquement, pour terminer et commencer la semaine par une petite « baise salutaire », comme il l'expliquait à ses colocataires. Il suivait toujours le même rituel : il commandait un ou deux cocktails en observant les hommes boire et danser. S'il y en avait un qui lui plaisait (il fallait pour cela avoir les hanches maigres, un goût vestimentaire sûr, un regard qui ne flanchait pas), il s'approchait et proposait de payer un verre. Souvent, à minuit, nul n'avait attiré son attention. Alex repartait alors sans regret. Le *Gaydar* s'emplissait parfois d'une faune peu appétissante.

Hier soir, c'était différent. Il avait repéré Adam dès son entrée. Le regard fuyant, les mains qui ajustent les plis d'une chemise trop moulante, des cheveux bouclés laqués avec soin : il n'était pas beau mais sa fragilité lui donnait une certaine grâce, et elle suscita chez Alex un tremblement de désir.

Quand Alex avait fait signe au garçon, celui-ci avait d'abord scruté l'obscurité du bar, comme s'il craignait de reconnaître quelqu'un, puis s'était avancé vers lui et son visage s'était transformé, illuminé d'un grand sourire.

— Tu veux boire quelque chose ? avait demandé Alex.

— Une vodka-orange, merci.

Son accent l'avait surpris. Il roulait les *r*, mouillait les consonnes et oubliait parfois de laisser de la place aux voyelles.

— Je viens de Jordanie, avait-il dit comme pour s'excuser.

Alex avait posé d'autres questions, il lui avait demandé s'il vivait à La Haye ou s'il était de passage, mais très vite il avait compris qu'Adam préférait répondre par un sourire que par des mots. Il connaissait ce genre de silences. Il avait senti monter en son bas-ventre une pulsion incontrôlable. Au bout d'une heure de conversation, il s'était penché pour embrasser Adam.

Appuyés contre le bar, manquant de renverser leurs verres, ils avaient laissé leurs corps s'enlacer, imprimant le grain de leur peau dans leurs paumes moites. À côté d'eux, les hommes en sueur continuaient de danser dans la nuit.

Quand leurs bouches s'étaient séparées, Alex avait observé la peau de son amant, ses imperfections couvertes d'une poudre trop claire pour sa carnation, ses cils charbonneux qui filtraient chacun de ses regards. Une vague de chaleur l'avait envahi et il avait murmuré les phrases d'usage. Il n'habitait pas loin, cinq minutes à pied.

Mais Adam avait secoué la tête d'un air contrit.

— Je ne peux pas. Je dois aller me coucher, demain j'ai un examen très important.

— Et tu révises en allant dans les bars ?

— J'avais besoin de m'aérer l'esprit, avait-il répondu, et son visage s'était fermé.

En temps normal, Alex n'aurait pas insisté. Il aurait laissé partir Adam avec un numéro de téléphone qui sonnerait dans le vide. Mais Adam était différent. Quelque chose en lui l'attirait de manière incompréhensible. Une sorte de fragilité incandescente portée en bouclier. Alors, quand Adam lui avait proposé de le revoir dès le lendemain, après son examen, Alex avait décidé de faire fi de tous ses principes amoureux et accepté.

— Retrouvons-nous à midi, au café *Zonnige Dag*. On y sera en sécurité.

Ces derniers mots tintaient aujourd'hui étrangement à l'oreille d'Alex. Mais hier soir, il ne les avait même pas relevés, habitué à la paranoïa des amours cachées dans des placards fermés à clé.

Il avait quitté Adam en l'embrassant une dernière fois. Leurs hanches s'étaient frôlées comme une promesse à accomplir et Alex était rentré chez lui, titubant de désir.

Lukas servit à chacun une large assiette de pâtes, observant d'un air inquisiteur son colocataire.

— Et alors, tu ne veux pas nous raconter ? C'était comment ? Il te plaisait autant qu'hier ?

Alex mastiqua avec lenteur sa première bouchée.

— Il n'a pas pu venir, finit-il par dire. Le tramway et le métro ne circulaient plus à cause de l'attentat. C'était trop compliqué.

C'était plus simple de mentir. Il n'avait plus besoin de penser aux éclats de verre sur le carrelage. Aux cagoules noires des policiers. Au regard affolé lancé par Adam avant d'être soulevé par leurs mains immenses. Il n'était plus obligé de se dire qu'il avait embrassé un… un suspect.

La bouche pleine, Lukas et Tom évoquaient justement ces deux bombes placées sous les tables d'une cantine.

— Putain, faire ça à l'heure du déjeuner. Ça me coupe l'appétit, mec, dit Tom, en se resservant une louchée de pâtes.

— La police dit que c'est un élève d'origine tchétchène. Je sais même pas où c'est, la Tchétchénie.

— *I know where Chechnya is*, dit Tom, la bouche pleine. C'est de là-bas que venaient les frères

Tsarnaïev, ceux qui ont fait l'attentat du marathon de Boston. C'était des Tchétchènes.

Lukas étouffa un juron.

— Faudrait tous les mettre sous surveillance, ces islamos de merde.

Alex se souvint de l'accent d'Adam, sa peau olivâtre et ses épaisses boucles noires. Ça ressemblait à ça, un Tchétchène ? Et un Jordanien, ça ressemblait à quoi ? Il se remémora l'homme qu'il avait embrassé hier, sa main qui cherchait son sexe dur et l'autre qui tenait son verre de vodka-orange. On n'embrassait pas les garçons, on ne buvait pas de l'alcool quand on était un « islamo de merde ».

Remarquant que son colocataire restait silencieux, Lukas lui jeta un regard en coin.

— Ça va ? Tu n'as pas l'air d'aller bien.

— Si, si, s'empressa de répondre Alex.

Voyant la moue dubitative de son ami, il ajouta :

— C'est juste une sale journée. Cet attentat et puis…

— Ta *date* qui a été annulée, continua Tom à sa place. Vous avez prévu de vous revoir un autre jour ?

— Non. Il… il ne répond plus au téléphone.

C'était vrai. Alex avait tenté une dizaine de fois de rappeler Adam et chaque fois la ligne se coupait, comme s'il avait passé une frontière invisible.

— Ah, le salaud ! s'exclama Lukas. Il a pris l'excuse de l'attentat pour te poser un lapin et ne plus jamais te revoir !

— Tu crois ?

Lukas se leva et débarrassa la table.

— Mais bien sûr !

Le fracas des assiettes dans l'évier accompagna ses mots. Alex ne le contredit pas. Il rêvait d'une seule chose : oublier cette journée. Avec un léger tournis, il quitta la table et s'enferma dans sa chambre, sans répondre aux regards soucieux de ses colocataires.

Là, allongé sur son lit, il tenta d'imaginer où était Adam. La police l'avait peut-être libéré, après quelques heures de garde à vue, en disant : « Nos plus plates excuses, nous ne savions pas… Nous ne savions pas que vous embrassiez des garçons le dimanche soir au *Gaydar*. Que vous saviez avec délicatesse poser vos lèvres imbibées de vodka contre la nuque de votre amant. Et le rendre amoureux fou de vous en quarante-cinq minutes, chrono en main. »

Peut-être devait-il courir au commissariat le plus proche pour le dire aux policiers. Il était l'alibi d'Adam, sa porte de sortie dans ce cauchemar. Mais une peur diffuse, irraisonnable, le maintenait pétrifié sur son lit. Et si Adam était coupable ? Et s'il avait réellement tué ces lycéens ?

Il était bien arrivé près d'une demi-heure en retard à leur rendez-vous, sans donner d'excuse. Il s'était certainement perdu. Il avait dû attendre en vain un tramway, puis pédaler à bout de souffle sur un vélo. D'ailleurs, quand il était arrivé, Adam avait une odeur de sueur un peu rance, comme s'il avait couru. Et son tee-shirt violet était saupoudré d'une drôle de poussière. De la poussière de chantier, du sable de la plage. Alex tentait de se raisonner.

Mais en entendant les sirènes des ambulances vriller le silence de la nuit de La Haye, ses pensées repartirent de plus belle et il s'efforça de reconstituer le fil de leur rendez-vous. Adam était à peine arrivé lorsqu'ils avaient appris la nouvelle de l'attentat. La serveuse avait lâché son plateau, une jeune fille à la table d'à côté avait éclaté en pleurs. Il y avait un code de conduite à suivre, des sentiments à éprouver comme des cases à cocher, et toute personne qui s'en écartait était suspecte. Adam avait-il pâli, avait-il murmuré « quelle horreur, quand cela s'arrêtera-t-il ? » comme tous les autres ?

Alex avait beau réfléchir, il ne se souvenait pas du visage d'Adam à cet instant. Ils se tenaient la main sous la table et tous ses sens s'étaient affolés, son cœur s'était mis à battre d'un émoi adolescent. Puis Adam s'était levé pour appeler quelqu'un. Un proche ? La serveuse avait évoqué d'un ton inquiet son frère, Alex s'en souvenait. Adam n'avait rien répondu.

Il y avait trop d'inconnues, trop de questions en suspens.

Alex manquait d'air. Il se dirigea vers sa fenêtre pour l'ouvrir et une fine brise s'engouffra dans sa chambre. La chaleur estivale s'étiolait enfin à l'arrivée du soir. Aux balcons voisins, quelques ombres guettaient comme lui un signe de vie de leur ville blessée. Il alluma une cigarette et regarda la cendre s'effriter dans l'obscurité.

Il eut soudain le sentiment que tous se trompaient. La serveuse avait tout faux. Les policiers aussi. Lui seul connaissait Adam. Lui seul savait le goût salé de sa langue et la puissance de son corps. C'était bien sa veine de tomber amoureux d'un homme plaqué au sol, jeté en cellule, accusé du pire. Il le vit à nouveau près de lui, à la table du café, sa main cherchant la sienne. Est-ce qu'un terroriste vacille lorsqu'il apprend que les bombes qu'il a posées ont explosé ? Leurs doigts s'étaient entrelacés. Ils s'étaient embrassés. Un court instant, Adam n'avait jamais été aussi innocent.

Le réveil sonna et, dans un demi-sommeil, Alissa se dit que c'était mardi et qu'elle serait en retard pour son cours de neuf heures. Puis, petit à petit, les images de la journée de la veille lui revinrent et lorsqu'elle ouvrit les yeux, elle aperçut sa bibliothèque aux livres manquants, ses étagères comme des sourires de boxeurs édentés. Frikkie miaulait, terrorisé par les pas des voisins qui s'attardaient sur le palier et qui tentaient de ne pas trébucher sur les débris de porte.

— Quel foutoir ! fit une voix d'homme qui résonna dans l'entrée, et Alissa se réveilla tout à fait.

Elle s'habilla rapidement et observa les dégâts. Son téléphone était saturé de notifications. Vingt-quatre morts. Tués par leur camarade de classe. Par Kirem, *son* élève.

Hendrik lui avait envoyé un message : *Tu ne crois pas que tu me dois des excuses ?* Elle eut un léger vertige, l'impression qu'il venait de changer l'échelle des événements. Le crime, ce n'était plus d'avoir failli à déceler les intentions terroristes chez un élève, mais d'avoir été absente hier au restaurant. Elle eut envie de hurler.

Dans la cuisine, elle s'obligea à respirer calmement. Elle se prépara un thé et tapa sur Internet : *réparation porte immédiat*. Elle composa le premier numéro venu. Une voix bourrue mais aimable promit de venir après le déjeuner. Elle ajouta deux cuillerées de miel à son thé : des picotements dans la gorge accueillirent le liquide brûlant. Les quelques mots traduits la veille du tchétchène avaient enflé pendant la nuit comme des nids d'abeilles.

Alissa entoura la tasse chaude de ses paumes et tenta de se concentrer sur la sensation de brûlure presque douloureuse pour juguler ses pensées. D'abord, boire le thé. Puis réparer la porte. On verrait le reste plus tard.

Quand le téléphone sonna, elle sursauta et Frikkie, qui s'était blotti contre son ventre, poussa un miaulement contrit avant de sauter à terre.

— Alice ?

C'était Maud, sa collègue professeure de littérature. D'un naturel très joyeux, très bavard aussi, elle avait pris Alissa sous son aile dès ses débuts au lycée. Elle avait l'habitude d'organiser de grands dîners mondains avec son mari, Jacques, le proviseur. C'était d'ailleurs à l'un de ces dîners qu'elle lui avait présenté Hendrik, son cousin.

Avec effroi, Alissa se souvint que Maud déjeunait

souvent à midi pile, après le traditionnel devoir sur table du lundi matin. Le capharnaüm et le chahut des élèves lui donnaient l'impression de revivre après le silence qui avait régné dans sa classe pendant les quatre heures d'examen.

Alissa n'avait pas songé à Maud une seule fois depuis l'attentat.

— Maud, tu vas bien ?

Elle entendit une exclamation étouffée.

— C'est à toi qu'on devrait poser la question ! s'écria Maud, avec un grésillement dans la voix. Tu es la seule à ne pas avoir répondu à nos appels. On t'a cru à la morgue, on a failli te mettre sur la liste des professeurs tués !

— La liste des…

Le sol de la cuisine se gondola, le thé devint soudain glacé.

— J'étais affolée, reprit Maud, alors j'ai appelé Hendrik, qui m'a dit que tu n'étais pas au lycée lors de l'attentat. Mais que, depuis, il ne réussissait plus à te joindre. Tu avais disparu !

— Je suis désolée, j'avais juste besoin de respirer après toute… toute cette horreur.

Maud soupira. Puis, comme si elle avait retenu jusque-là son souffle, elle lui relata d'une traite le cauchemar des heures passées confinés dans le gymnase, les gros durs du lycée qui éclataient en sanglots, les explosions du déminage qui se rapprochaient, l'atrocité de ce bilan qui ne cessait d'augmenter…

— Vingt-quatre morts, tu te rends compte ? Il

paraît que, lorsqu'une fourchette ou un couteau a touché un organe vital, il n'y a plus rien à faire.

Puis Maud la joyeuse, capable de raconter un jour d'attentat sur le même ton qu'une journée de shopping, baissa la voix d'une octave.

— C'est le petit Kirem qui l'a fait. C'est lui, il n'y a plus de doute. Il n'y a qu'un seul Tchétchène au lycée.

Intérieurement, Alissa fut heureuse d'avoir toujours prétendu venir de Moscou. Le petit village où elle était née avait des consonances slaves et peu de personnes savaient déceler en son nom les effluves du Caucase. La supercherie n'avait jamais été révélée.

Maud était habituée aux silences de son amie. Elle prit celui-ci comme le temps nécessaire pour absorber le choc. Elles partageaient un élève terroriste et il lui semblait qu'elles endossaient une part de culpabilité, contre leur gré.

— Tu sais, Alice, reprit-elle d'une voix tremblant légèrement, je n'étais pas loin quand… J'ai entendu une explosion, puis une deuxième. Les gamins criaient si fort. Je me suis mise à courir comme eux.

Maud se mit à chuchoter, comme si elle craignait que quelqu'un, près d'elle, ne l'écoute.

— Dans le hall, ça se bousculait, j'ai aidé un élève à se relever et, quand je me suis redressée, j'ai vu une silhouette immobile. Un garçon, qui ne bougeait pas, comme s'il attendait quelque chose.

Maud prit une grande inspiration.

— C'était… c'était le frère de Kirem. Celui qui étudiait au lycée il y a un an, ou deux ans.

— Oumar ?

C'était impossible, voulut-elle dire à Maud. La police lui avait assuré qu'il avait été arrêté dans un café du centre de La Haye, à vingt minutes de tramway du lycée. Il était soupçonné de complicité, pas d'avoir participé à l'attentat.

— Tu dois confondre avec Kirem. Ils se ressemblent beaucoup.

— Non, ce n'était pas Kirem. Tu dois me croire. Il portait ce tee-shirt moulant, coloré…

Alissa sentit une main invisible s'infiltrer dans sa gorge.

— De quelle couleur, le tee-shirt ?

— Violet, presque rose. Pourquoi ?

Elle revit le tee-shirt vaguement féminin d'Oumar dans la cellule. Non, vraiment, c'était impossible. Oumar ne pouvait pas être au lycée tout juste après l'attentat. C'était l'une des rares choses que la police avait bien voulu lui confier : Oumar avait un alibi. Au moment de l'explosion, il était assis en terrasse avec un ami. Ce dernier demeurait introuvable, mais la serveuse du café l'avait confirmé à la police, ticket de caisse à l'appui. Deux personnes, deux cafés allongés, quatre euros vingt s'il vous plaît, encaissés à midi et six minutes, peu avant l'attentat.

Oumar était soupçonné de complicité, et non d'avoir commis l'attentat, avait répété à Alissa le lieutenant Janssen.

— Écoute, il faut qu'on se voie, dit Maud, et sa voix retrouva ses intonations habituelles. Il faut préparer le défilé en mémoire des élèves tués, et s'organiser pour être tous présents aux enterrements des professeurs.

Elle manqua de demander qui de leurs collègues avait été tué, mais elle se retint. Elle ne souhaitait pas encore donner un visage, un nom aux victimes. C'était trop difficile déjà de savoir qui les avait assassinés.

— À quelle heure ?

— Dès que tu peux. Jacques a invité l'ensemble des enseignants chez nous. Tu te rappelles l'adresse ?

Alissa s'en souvenait mais elle griffonna malgré tout sur un bout de papier le nom de la rue, l'une des plus cossues du centre-ville. Puis elle enfila une robe, fleurie et à bretelles fines. Elle observa dans le miroir ses jambes nues dorées, ses épaules hâlées, et se ravisa, optant pour une longue chemise noire et un pantalon gris. Elle allait avoir chaud avec ce soleil, mais elle pressentait qu'une tenue d'été était indécente. Seuls les oiseaux à sa fenêtre pouvaient ignorer que La Haye était en deuil.

Elle ramassa les débris de sa porte et les fourra dans un grand sac en plastique noir. Elle ajusta le rideau installé la veille, le fixant avec quelques clous sur l'encadrement de la porte. L'immeuble se situait dans un quartier modeste, mais ses voisins étaient suffisamment honnêtes pour qu'elle ne craigne pas pour ses affaires. Elle ajouta une note

– *Cambriolage, mes excuses, un réparateur vient cet après-midi* – afin d'expliquer le désordre.

Un instant, elle songea à son petit immeuble là-bas, à ses portes éventrées, ses vitres brisées, ses murs sur le point de s'effondrer. Aux tapis rouges et bruns, lourds de poussière, qu'apportaient les voisines pour aider la mère d'Alissa à braver le froid. C'étaient des gestes d'entraide ridicules, mais qui lui faisaient monter aujourd'hui les larmes aux yeux.

Elle nourrit Frikkie et sortit de l'immeuble. Elle s'avançait vers l'arrêt du tramway quand elle entendit une exclamation. Aussitôt deux policiers se précipitèrent vers elle.

L'un d'eux, un chauve d'une quarantaine d'années, lui saisit le bras et lança :

— On vous a demandé de ne pas quitter votre domicile aujourd'hui, madame.

Elle le regarda, pétrifiée.

— Je suis arrêtée ?

— Non, mais vous devez respecter nos consignes.

Alissa reprit sa respiration.

— Je dois rejoindre des professeurs du lycée, plaida-t-elle. Dans le centre, vers le Palais Noordeinde.

Voyant qu'ils ne réagissaient pas, elle ajouta :

— Nous devons organiser l'enterrement de nos collègues.

— Hors de question, dit le deuxième policier. Rentrez chez vous. C'est pour votre sécurité.

— Vous n'avez qu'à m'accompagner, si c'est si dangereux que ça.

Ils se concertèrent du regard. Elle tenta de donner à son visage l'expression la plus résolue possible.

— On peut faire ça, finit par dire le policier, et il s'écarta, les sourcils froncés. On vous suit. C'est pas plus mal, ça va nous dégourdir les jambes.

Elle regretta aussitôt sa proposition. Pourquoi n'avait-elle pas obéi, pourquoi n'était-elle pas simplement rentrée chez elle ? Trois adolescentes, qui avaient observé la scène, se taisaient et lui jetaient des regards à la dérobée. Elle sentit ses joues brûler. Lorsque le tramway arriva, elle grimpa, les policiers sur ses talons.

Elle s'assit et dirigea ostensiblement son visage vers la fenêtre, laissant le reflet des deux hommes se dissoudre dans le paysage.

Jamais La Haye n'avait été aussi triste à regarder.

Ses demeures élégantes, en brique et géraniums, avaient tiré les rideaux. Les passants étaient rares, les voitures encore plus. À chaque croisement, des militaires scrutaient les avenues vides, leur arme en bandoulière. Même les goélands et les mouettes paraissaient retenir leurs cris. Seul le tramway brisait le silence, avec son joli carillon. Mais les passagers avaient les mâchoires crispées, les regards fuyants. Des coups d'œil discrets, et inquisiteurs, avaient remplacé les habituels *goedemorgen*. D'où venait cette femme, surveillée par deux policiers ? Pourquoi portait-elle une chemise noire, ample ? Savait-on ce qu'elle cachait, sous ses vêtements ? Quand donc installerait-on des détecteurs de métaux à l'entrée des tramways ?

Quand elle habitait à Moscou, Alissa se souvenait d'avoir été surprise par la façon dont les Russes lui demandaient d'où venait son accent. *Otkuda vi, esli nie sekret ?* « D'où êtes-vous, si ce n'est pas un secret ? » Elle aimait cette précaution, cette parade à toute impolitesse ou indiscrétion. Les Russes savaient qu'il y avait des nationalités, des origines qu'il valait mieux cacher. Comme être tchétchène, par exemple.

Ici, on le lui demandait sans détour. Aux Pays-Bas comme ailleurs en Europe, elle avait toujours eu l'impression que son interlocuteur avait *le droit* de savoir d'où elle venait. Qu'il s'agissait d'une information essentielle pour la cerner, comme la liste des ingrédients d'un aliment. Elle répondait systématiquement : « Russie », et ils s'en satisfaisaient.

Elle appuya sur un petit bouton rouge et le tramway s'arrêta. Les deux policiers descendirent après elle. Sur la place Buitenhof, les cafés avaient rangé leurs chaises et baissé leurs stores. Une petite affiche indiquait que le cinéma à côté annulait les séances pendant la semaine de deuil national. Alissa marchait d'un pas rapide, dans un Centrum silencieux. Des fleurs et des bougies avaient été déposées contre les grilles du Palais Noordeinde. L'autel improvisé était caché par une petite foule étouffant quelques murmures. Alissa aperçut des photos accrochées à la clôture ; à dessein, elle évita le regard des victimes. Un ange au feutre bleu, un dessin d'enfant, avait été scotché un peu plus haut sur les grilles, accompagné d'une phrase en lettres bâtons grossières : *Tu es mon grand frère à jamais.*

Alissa fit quelques pas, puis s'arrêta net. Derrière elle, les policiers semblaient eux aussi happés par l'émotion. La rue, d'habitude très commerçante, était plongée dans un silence qu'Alissa connaissait bien. Les passants avançaient avec lenteur, leurs visages figés comme s'ils crispaient leurs mâchoires pour ne pas hurler.

Alissa aurait voulu leur dire qu'elle comprenait. Elle savait la douleur stupéfaite de voir sa ville assimilée au *pire*. La mort s'était infiltrée dans La Haye, elle avait changé son ADN et son nom n'évoquerait plus jamais sa plage de sable blond, ses bicyclettes, son indolence, sa tolérance. Cette ville-là n'existait plus. Ses habitants devraient s'habituer aux soldats patrouillant dans la rue, aux retards pour cause de colis abandonné, aux regards suspicieux. À être citée dans les débats politiques en guise d'avertissement, comme Paris ou Bruxelles avant elle.

Devant cette foule qui essuyait furtivement ses larmes, à côté de ces policiers qui tentaient en vain de garder un visage de pierre, Alissa manqua de se mettre à pleurer elle aussi. Elle avait fui tout cela. Cela ne pouvait pas recommencer.

Elle déglutit et se força à continuer son chemin.

La maison de Maud n'était pas loin. Sans un mot,

les policiers se postèrent des deux côtés de la porte. Alissa sonna et Maud apparut aussitôt sur le palier.

— Alice ! Nous t'attendions pour commencer.

Maud, heureusement, ne vit pas les policiers. Elle guida sa collègue jusqu'au salon, une pièce aux étagères ensevelies sous les livres, illuminée par une vaste verrière, avec de hauts ficus en pot. Sur la table, des petits gâteaux, des cakes et des corbeilles de croissants avaient été disposés, ainsi que des briques de jus d'orange et plusieurs Thermos. Quand donc Maud avait-elle eu le temps d'organiser tout cela ?

Alissa reconnut quelques professeurs, des surveillants, une dame de la cantine. La majorité semblait ne pas avoir dormi de la nuit, mais quelques-uns paraissaient au contraire au meilleur de leur forme, galvanisés par les « circonstances exceptionnelles », grisés d'être au cœur de l'actualité internationale. « Nous y étions, nous avons failli mourir nous aussi. » D'ici peu, ils se livreraient au petit concours habituel : qui était le plus proche de la cantine lors de l'explosion ? Qui avait eu le plus de sang-froid lors de l'évacuation des élèves ?

Elle salua un à un ses collègues, se concentrant pour deviner qui manquait à l'appel. Avant d'entrer dans le salon, Maud lui avait glissé un mot sur le courage exemplaire d'Anneke, dont le mari, Bart, avait été déchiqueté par les bombes et qui avait malgré tout insisté pour venir aujourd'hui. Alissa se demanda si Anneke avait pris conscience de la mort de Bart. Si elle avait compris qu'il ne reviendrait plus. Elle sonda les yeux tristes d'Anneke sans y trouver de réponse.

Après s'être servi une tasse de thé, Alissa s'assit dans un fauteuil. Autour d'elle, ses collègues bavardaient à voix basse.

— Le pauvre, il ne pourra plus jamais remarcher… Pour lui, c'est pire que de mourir.

— Il faudrait faire une cagnotte, se cotiser pour permettre à ses parents de l'enterrer dans leur pays. Après tout, la Pologne, ce n'est pas si loin.

— Je ne l'ai pas eu en classe, mais comment était-ce possible de ne pas remarquer qu'il s'était radicalisé ?

Alissa eut soudain envie de se boucher les oreilles ou de partir, retourner dans son appartement silencieux, oublier. Les paroles de ses collègues, qui lui rappelaient d'autres mots, d'autres conversations venues d'un passé qu'elle avait fui et qu'elle espérait révolu, rendaient la journée de la veille bien trop réelle.

Jacques, le proviseur, s'était levé. Il se tenait debout au milieu du salon avec raideur. Ses yeux allaient d'un enseignant à un autre, comme un professeur qui observe le chahut d'une classe avant de se décider à faire cours.

Au bout d'un moment, Maud s'éclaircit la gorge d'une manière si bruyante et artificielle que tous se turent brusquement. D'un geste de la tête, Jacques la remercia et commença.

— Ce n'est pas une situation facile. Deux de nos collègues et vingt-deux de nos élèves ont été tués. Surtout, notre élève a tué. Nous n'avons pas su nous apercevoir à temps de sa radicalisation. La question de notre responsabilité, collective et individuelle, se posera un jour…

Un murmure parcourut le salon. Pour la première fois, Alissa remarqua que le visage de Maud était agité de tics : sa paupière droite clignait par intermittence, un coin de sa bouche se relevait puis s'affaissait.

Jacques s'arrêta, attendit que le silence revienne et reprit :

— Mais nous n'allons pas parler de cela aujourd'hui. Il faut que nous restions unis. Notre pays, notre ville sont en deuil. Nous devons l'aider à surmonter cette tragédie en nous montrant exemplaires.

Comme si elle répondait à un signal invisible, Maud distribua à chacun une feuille. C'était la liste des victimes, avec leur âge et leur classe. Certains noms étaient aussi accompagnés d'un horaire, samedi onze heures, lundi neuf heures. La date de leur enterrement, comprit Alissa.

En frémissant, elle vit qu'elle était « professeur référent » pour la cérémonie funéraire de deux élèves : David, le petit Dadou turbulent au fond de la classe, et Lucie, aux parents polonais et aux rêves d'ascendance russe.

— Vous êtes également tous conviés à l'enterrement de Bart jeudi à midi et à celui de Jim vendredi à dix heures. Et si vous le souhaitez, vous pouvez assister à ceux d'autres élèves.

Il toussota et se passa la main dans les cheveux, l'air vaguement embarrassé.

— Assurez-vous simplement que votre présence est la bienvenue, reprit-il. Les parents de plusieurs victimes ont déjà annoncé à la presse qu'ils intenteront un procès au lycée. Ne rendons pas les choses encore plus compliquées…

Le ton de Jacques se munit à partir de là d'accents rugueux, d'inflexions sévères. Alissa peinait à suivre. Les mots de néerlandais s'étaient soudés entre eux, formant un magma fangeux dont n'émergeaient que deux visages, ceux de Dadou et Lucie.

— Il faut qu'on se serre les coudes, répéta Jacques, et les professeurs acquiescèrent du menton, certains applaudissant discrètement.

Le proviseur s'assit. Comme si la récréation venait d'être sonnée, chacun se tourna vers son voisin. La liste des élèves tués fut commentée abondamment. Certains regards s'embuèrent de larmes, quand bien même ils s'étaient plaints à chaque cours de l'élève trop bavard, paresseux, insolent, bruyant, et désormais à jamais absent.

Alissa, elle, ne voulait pas penser aux autres enfants tués. Elle savait d'expérience que les noms, les photos et les mausolées n'apaisent pas la douleur et ne font que l'aggraver. Il lui fallait d'abord accepter la mort de Lucie et Dadou, se préparer à leur enterrement.

Un professeur, qui ne lui avait jamais adressé la parole jusque-là, lui tendit une assiette de pâtisseries. Il se présenta : il avait eu Kirem en cours d'anglais et l'adolescent l'avait « totalement déstabilisé ».

— Alice, vous qui êtes russe, dit-il, parlez-nous un peu des Tchétchènes. Si je ne me trompe pas, il y a une longue tradition de violence dans le Caucase… Ils ont ensanglanté votre peuple à plusieurs reprises.

Alissa le regarda, incapable de dire un mot. Comme pour encourager une élève récalcitrante, il se mit à donner quelques dates. L'école de Beslan, 1er septembre 2004, trois cent trente-quatre morts, dont près de deux cents enfants. Le théâtre de la Doubrovka, un soir à Moscou, où les preneurs d'otages et les forces d'assaut russes avaient semé la mort. Les attentats dans le métro et les aéroports, les immeubles qui s'effondraient, les gamins de vingt ans partis à la guerre pour ne jamais revenir.

Alissa sentit perler le long de sa nuque des gouttes de sueur. Le soleil tapait droit dans la verrière, le salon était devenu étouffant.

— C'est douloureux de parler de tout cela.

Maud, sentant que son amie peinait à respirer, intervint.

— La pauvre, elle a l'impression que l'enfer recommence avec tous ces Tchétchènes, justifia-t-elle. J'ai besoin de toi dans la cuisine, tu viens ?

Alissa se leva et suivit Maud, s'efforçant d'ignorer l'air sévère du professeur d'anglais qui paraissait prêt à la sanctionner d'un zéro pointé.

Avec ses carreaux de faïence bleu et blanc, la pièce semblait sortie d'un magazine de décoration. Pour calmer les battements de son cœur, Alissa s'obligea à lire les titres des livres de recettes alignés sur une étagère. *Les Stroopwafel parfaites*, *Croquettes et fricadelles*, *Le Patrimoine culinaire des Pays-Bas*… Alissa savait faire des gaufres, des *pannenkoeken*, toutes sortes de gâteaux saveur *speculaas*. Depuis dix ans, son intégration n'avait souffert d'aucun angle mort. Elle était néerlandaise, de passeport et de volonté. « Vous qui êtes russe », avait dit le professeur, n'accordant aucun crédit aux dix dernières années qu'elle avait vécues ici, aux Pays-Bas, *chez lui*. Ces années ne valaient rien : elles étaient balayées par son accent, ses origines. Elle était prisonnière de son déguisement à double étage, ni Russe ni Néerlandaise, à jamais Tchétchène et incapable de défendre son peuple lorsqu'il était attaqué par une chronologie simpliste et à charge.

— Ah, je vois que tu as découvert la petite surprise que je vous préparais !

Maud montra d'un geste le saladier rempli d'une onctueuse pâte à l'odeur de cannelle. Elle mit en route le gaufrier puis se tourna vers Alissa, la mine soudainement grave.

— Ce sont les gaufres qui m'ont sauvé la vie, dit-elle.

Alissa crut que Maud dramatisait à dessein, pour la faire rire, mais le regard de son amie la dissuada de sourire.

— Sans les gaufres, je serais morte hier, répéta Maud.

Elle demanda à Alissa de sortir une dizaine d'assiettes, aux motifs dorés.

— Je me suis disputée dimanche soir avec Jacques. Une histoire de cinéma annulé à la dernière minute… Oh, que cela me semble loin maintenant !

Ils s'étaient couchés sans se réconcilier. Au réveil, pour se faire pardonner, Jacques s'était faufilé dans la cuisine et, sans un bruit, il avait cuisiné des gaufres pour toute la famille. Elles étaient délicieuses.

— J'en ai tant mangé qu'à l'heure du déjeuner, je n'avais pas faim. Sinon, tu me connais, Alice, j'aurais dit aux élèves de rendre les copies un quart d'heure plus tôt et je me serais ruée à midi pile à la cantine…

Elle baissa la voix et le grésillement de la machine à gaufres recouvrit presque ses paroles.

— Tu as repensé à ce que je t'ai dit sur Oumar, sur sa présence au lycée lundi ?

Alissa tressaillit.

— Je suis certaine que c'était lui, reprit Maud. Ce n'était pas Kirem.

— C'est impossible. Oumar a été arrêté à l'autre bout de la ville vers midi quinze. La police me l'a dit.

Maud la regarda, stupéfaite.

— La police te parle ?

À cet instant, le téléphone d'Alissa vibra dans sa poche. Soulagée de l'interruption, elle répondit aussitôt. Pendant quelques secondes, elle espéra que c'était Hendrik, qu'il lui demanderait si elle allait bien, si elle avait besoin d'aide. Mais à l'autre bout du fil, une voix qu'elle ne connaissait pas lui dit qu'il était devant son immeuble.

— Pour réparer la porte, vous vous souvenez ?

Elle soupira.

— Je suis désolée, Maud, je dois filer, dit-elle avec un sourire confus.

Avant que Maud ne puisse la retenir, elle traversa le salon en saluant rapidement les professeurs. Dehors, un des policiers avait allumé une cigarette, qu'il écrasa en voyant Alissa.

— Demi-tour ? demanda-t-il.

Elle acquiesça.

Sur la place Buitenhof, ils passèrent devant le *Zonnige Dag*, connu pour ses jolis parasols jaunes. Ses vitres étaient brisées et la porte dans le même état que celle d'Alissa. Un jeune homme, grand et maigre, les cheveux courts et bruns plaqués sous un bonnet malgré la chaleur, fixait le panneau *Fermé jusqu'à nouvel ordre*.

Alissa s'arrêta un instant, frappée par la puissance de son désarroi. Ses yeux rougis traquaient un souvenir à travers les ombres longilignes des parasols fermés. Il avait un regard hébété, comme s'il assistait à une scène que lui seul pouvait percevoir. Tout à coup, il aperçut Alissa et les deux policiers. Aussitôt, il disparut dans une des petites ruelles avoisinantes.

— Drôle de mec, déclara l'un des policiers.

Alissa reprit sa route. Ensemble, ils continuèrent à cheminer dans des rues aux stores fermés. Devant le Palais Noordeinde, la foule avait grossi. C'était l'heure du déjeuner et les employés des bureaux voisins venaient rendre hommage aux victimes, un sandwich à la main. Un léger vent soufflait en provenance de la mer. Le drapeau national, en berne, s'enroulait tristement autour de son mât.

À côté d'Alissa, une femme aux yeux bouffis tenta d'allumer à plusieurs reprises une bougie récalcitrante, les mains tremblantes. Les larmes qu'elle retenait étaient contagieuses, elles passaient d'un visage à un autre. Sentant qu'elles s'approchaient dangereusement du sien, Alissa détourna la tête et avança droit devant elle.

Il fut un temps où Oumar connaissait le dos de Kirem par cœur. Il lavait à la main la galaxie de grains de beauté qui partait de ses omoplates pour sinuer jusque dans le creux de ses reins. L'éponge gorgée d'eau chaude chatouillait son jeune frère et il se tordait pour lui échapper, mais Oumar le maintenait immobile. L'un des murs de la salle de bains avait été troué par un obus pendant la guerre et, pour éviter que ses garçons attrapent froid, Taïssa avait comblé le trou de papier, puis punaisé un poster représentant une île aux palmiers vert fluo, effleurés par des vagues d'un bleu intense.

Oumar ordonnait à Kirem :

— Nage dans la baignoire comme si des requins t'attaquaient.

Son frère éclaboussait toute la pièce en criant « à l'aide », d'une voix si stridente que Taïssa, affolée, accourait. Ils éclataient de rire. Feignant d'être en colère, elle les attrapait par les oreilles pour les emmailloter de force dans des serviettes de bain trouées.

— C'est elle, le requin, soufflait Kirem, et les deux frères plissaient le nez pour réfréner un nouveau fou rire.

Depuis combien de temps n'ont-ils plus ri ensemble ?

Oumar ne se rappelle plus et la mémoire de leur mère est vacillante. Elle se souvient de la date du *schoolexamen* et du *centraal examen*, mais elle a oublié les rires de ses enfants.

Avec peine, Oumar s'extirpe du lit, le ventre durci par des crampes. Il s'oblige à effacer les traits de Kirem. Il ne veut plus penser à lui.

Au creux de son corps, il sent un grand vide l'envahir, comme si l'attentat n'avait pas seulement ravi son frère, mais également une partie de ses organes internes, ses poumons, ses reins, son cœur qui bat sans n'être plus relié à rien. Même son visage semble ne plus lui appartenir.

Deux frères, c'est comme deux mains, leur disait Taïssa. Elles vivent leurs vies, mais elles restent inséparables. Depuis que les bombes ont explosé, Oumar a l'impression d'être devenu manchot.

Il faut se taire et courber l'échine. Ne pas dire un mot et espérer que Makhmoud sera désigné coupable.

Ça a toujours été Makhmoud.

Accroupi devant la porte, un homme observait d'un regard désapprobateur le mur, où les joints couleur cuivre pendaient, tordus.

— Dites donc, ils n'y sont pas allés de main morte, vos cambrioleurs, lança-t-il lorsque Alissa approcha.

Il se tourna vers elle et dit :

— Je m'appelle Thierry, c'est moi que vous avez appelé tout à l'heure.

Alissa lui serra la main, puis souleva un pan du rideau pour le laisser entrer dans le salon. En voyant le canapé aux housses éventrées, la table basse renversée, les éclats de verre au sol, il émit un sifflement.

— Vingt ans de métier, et j'ai jamais vu ça !

— Vous pensez que la porte pourrait être remplacée aujourd'hui ?

— Je vais faire de mon mieux. Même s'il n'y a plus grand-chose à vous voler, ça ne doit pas être agréable d'avoir un appartement ouvert à tous les vents.

Elle haussa les épaules. Elle avait passé son enfance dans un pays où les portes ne protégeaient ni des soldats ni des obus. Souvent, dans la campagne tchétchène, on apercevait de belles portes en fer criblées de balles. Elles prenaient des couleurs mousseuses, bleues l'été, brunes l'automne. Et derrière, les ruines qu'elles cachaient se reconstruisaient avec opiniâtreté.

Elle ferait de même. D'ici quelques heures, elle rangerait le salon, redresserait les livres sur leurs étagères. Elle fixerait de nouveau le nom d'Alice Zoubaïeva à gauche de la porte.

Thierry se mit au travail et Alissa se servit une tasse de thé. Puis elle s'attela à écrire un message à Hendrik. *Pardon, c'était compliqué hier.* Il lui répondit aussitôt : *Je comprends, j'aurais dû m'en douter.* « Oui », avait-elle envie de dire. Qu'avait-il donc pensé, à l'attendre trois heures dans un restaurant de moules ? Bien sûr qu'elle n'allait pas venir dîner. Des bombes avaient explosé dans la cantine de son lycée. Comment avait-il pu ne pas avoir l'intelligence, le tact de deviner son absence ? Il aurait dû poser une journée de congé, être là, la prendre dans ses bras et lui dire : « Ça va aller, ça va s'arranger. » Lui assurer : « Non, Oumar n'est pas coupable. Ton petit chouchou, ton élève préféré, a été pris dans un engrenage et il n'a rien à voir avec tout cela. Kirem non plus ; il est innocent. C'est une fausse piste. Les Tchétchènes ne posent plus de bombes depuis longtemps et votre religion cessera bientôt de cristalliser toutes les peurs et tous les fantasmes. La police vous présentera sous peu ses excuses. »

Mais Hendrik ne savait pas qu'Alice s'appelait Alissa, qu'elle venait d'une petite enclave saignée à blanc par deux guerres. Avec lui, elle était hollandaise, d'origine russe. Cela expliquait ses *r* roulés, ses voyelles assourdies, sa difficulté à manger du hareng cru, et peut-être aussi quelques-unes de ses étranges habitudes, comme celle de boire du thé à longueur de journée.

Sans prévenir, Thierry enclencha la perceuse et Alissa manqua de renverser sa tasse par terre. Il lui lança un regard préoccupé. Elle l'inquiétait, la p'tite dame. Le cambriolage avait fragilisé ses nerfs.

Quand dix-huit heures sonnèrent à la petite horloge de l'entrée, elle reçut un message de Hendrik : *Je viens dîner.*

Elle regarda, affolée, le salon sens dessus dessous, les livres encore à terre, le rideau roulé en boule dans l'entrée. Thierry avait fixé les nouveaux joints de la porte, il s'attelait désormais à redresser l'immense pan de bois et des gouttes de sueur perlaient le long de ses tempes.

Tu peux venir, mais je te préviens, c'est le bordel.

Elle eut une hésitation : dire « bordel », était-ce trop familier, voire vulgaire ? Peut-être valait-il mieux dire « bazar » ? Elle changea le mot et envoya le message. Parler néerlandais était une chose, maîtriser les différents niveaux de langage en était une autre. Une sorte de plafond de verre auquel elle se heurtait systématiquement. Son incapacité à naviguer entre les mots d'argot utilisés par ses élèves et ceux exigés par le contexte avait plusieurs fois causé l'hilarité autour d'elle, tandis qu'elle-même rougissait d'embarras. La plupart du temps, elle optait pour un lexique châtié afin de ne pas commettre d'impair.

Elle était certainement perçue comme une jeune femme rigide, au discours parcimonieux et aux rares sourires. Mais lorsqu'elle nouait ses épais cheveux en un austère chignon, Alissa savait que cet énième déguisement valait mieux que d'être percée à jour.

Hendrik arriva tandis que Thierry s'affairait à installer la nouvelle serrure. Son visage se décomposa.

— Tu t'es fait cambrioler ?

Alissa hocha la tête et, se sentant coupable de mentir, elle tenta de minimiser :

— On ne m'a rien volé d'essentiel.

— Il faut aller porter plainte !

Elle hésita. Puis elle dit :

— La police est au courant.

Elle s'imagina expliquer avoir été ciblée par cette perquisition parce qu'elle était tchétchène et non pas russe, parce qu'elle partageait une langue et un passé avec celui qui avait endeuillé le pays. À cette idée, elle se sentit brusquement lasse.

— Ça n'a pas été trop difficile hier ?

Hendrik avait les traits du visage contractés, il semblait peser chacun de ses mots comme s'il craignait d'effaroucher Alissa par une question trop directe. Elle reconnaissait ce rétrécissement des pupilles, ces lèvres pincées, cette voix feutrée. Elle y avait fait face la première année de son arrivée aux Pays-Bas, lorsqu'elle ne maîtrisait pas la langue suffisamment bien pour parvenir à cacher qu'elle venait de Tchétchénie. « Ça n'était pas trop difficile, là-bas ? » lui demandait-on. Elle n'était pas dupe : cette question aux faux airs de pudeur cachait l'espoir secret qu'elle raconte les morts et les snipers, la peur et le deuil.

Cette fois, la zone de guerre avait changé de géographie ; elle se situait dans un lycée au cœur de La Haye. Hendrik avait été abreuvé d'images par les réseaux sociaux ; il avait certainement eu un compte-rendu précis du déroulé de l'attentat de la part de Maud. Il savait mieux qu'Alissa qu'hier avait été une journée pour le moins difficile. Mais il semblait espérer malgré tout qu'elle lui confie quelque chose. Un mot ou deux, un peu d'émotion, une voix qui tremble.

Elle s'en sentait tout à fait incapable. Sa mère n'avait jamais pleuré devant son mari. Elle s'enfermait de longues heures dans la cuisine et n'en sortait qu'avec des yeux rouges et gonflés. « J'ai épluché cent oignons », disait-elle avec un petit rire. Alissa n'aurait su dire si cette incapacité à exprimer ses émotions relevait d'un trait de famille ou d'une particularité tchétchène. Mais il lui semblait que présenter un visage neutre et inaltérable était la seule façon de faire face aux événements de la veille.

— Ils ne m'ont pas laissée entrer dans le lycée, répondit-elle à Hendrik. Je n'ai rien vu, j'ai juste attendu avec les parents sur le parking qu'on nous donne des nouvelles des élèves.

— Tu aurais pu m'écrire. J'étais mort d'inquiétude !

— Je suis désolée, j'avais oublié mon téléphone et, quand je suis revenue à la maison, il n'avait plus de batterie. Tu sais à quel point il est vieux, il met des heures à se recharger.

— Oui, mais quand même…

Alissa serrait les poings pour ne pas trahir son agacement.

Elle posa trois assiettes sur la table et fit décongeler une tarte surgelée aux oignons.

— Vous avez peut-être faim, Thierry ?

— Je mangerai plus tard.

Quelque chose semblait l'avoir mis mal à l'aise. Elle le vit observer du coin de l'œil l'un des cadres décoratifs affichés dans l'entrée : un verset du Coran en un arabe savamment calligraphié, les lettres en d'infinies rosaces. Le serrurier paraissait l'avoir tout juste remarqué : il lui lançait des regards méfiants, comme s'il craignait qu'une arme ne sorte de l'affiche et ne le mette en joue. La première fois que Hendrik était venu chez elle, il avait tiqué lui aussi sur le cadre. « Tu es musulmane ? » avait-il demandé, d'un air circonspect. Un instant, elle avait eu peur qu'il ne fasse demi-tour et ne dévale les escaliers, elle avait songé à toutes ces soirées passées à se frôler, à s'envoyer des invitations secrètes du bout des cils, et elle avait répondu, d'une voix calme : « Non, je trouvais ça joli. » Aussitôt, ses joues s'étaient enflammées de honte. Le lendemain, elle s'était demandé si elle devait enlever le cadre. Après tout, elle était venue aux Pays-Bas pour commencer une vie vierge de tout déterminisme. Mais à l'idée de ne plus voir le verset du Coran l'accompagner chaque matin lorsqu'elle quittait son appartement, elle avait renoncé.

À sa demande, Hendrik versa un verre d'eau à Thierry, qu'il déposa par terre près de la porte. Puis il revint s'asseoir à table. Alissa découpa la tarte avec attention, veillant à donner la plus grosse part à Hendrik.

— J'aurais bien rapporté une bouteille de vin, mais tous les commerces sont fermés à cause de la semaine de deuil. T'imagines les pertes économiques ?

En l'écoutant aligner les chiffres, Alissa se souvint de sa mère et des voisines, disséquant à l'infini les prix du marché noir, comparant les aubergines rongées par les insectes aux choux troués par les vers. Le paquet de *gretchka*[1] qui ne cessait d'augmenter. Les morts aussi, mais on n'en parlait pas. Tant qu'ils n'étaient pas du même sang, ils restaient relégués à la frontière des mots, sous une chape de neige et de silence. On construisait des paravents de chiffres et de prix, de légumes et de viande avariée,

1. Sarrasin.

on s'y abritait pour éteindre la douleur. Il fallait taire ce qui ne pouvait être dit. Les restaurants fermés, les pertes financières : Hendrik avait raison d'en parler, c'était le seul terrain neutre dans un champ miné. Une manière de résister, de donner à l'attentat des conséquences quantifiables, calculables.

La tarte finie, Hendrik assaillit Alissa de questions. Qui de ses élèves était mort ? Étaient-ce ses préférés ? Connaissait-elle le gamin au nom bizarre, celui dont la photo s'affichait désormais partout, avec ses cheveux noirs bouclés ?

— Kirem était mon élève, oui.

— Et tu n'avais rien remarqué ?

Alissa se mordit les lèvres. Sans s'apercevoir de son trouble, Hendrik enchaîna sur le récit de la journée de Maud, qui l'avait appelé hier pour lui raconter le gymnase, l'évacuation et sa chance inouïe.

— Heureusement que Jacques lui avait préparé des gaufres, dit-il, et il sonda Alissa du regard pour savoir si elle connaissait l'histoire elle aussi.

Alissa comprit que les gaufres salvatrices étaient en passe de devenir une légende. Comme celle des gens qui ratent un avion destiné à s'écraser. Hendrik, Maud et les autres avaient l'impression d'y percevoir les coulisses de l'univers, d'y voir une main aussi puissante qu'invisible dévier la faux de la Mort. Seuls ceux qui avaient vécu une guerre savaient que cette main prenait la forme d'un sniper épuisé à court de balles ou d'un obus à la fabrication défectueuse.

En vain, Hendrik tentait d'animer la conversation.

Il proposa à Alissa de faire la vaisselle ; elle refusa, alors il se mit debout près d'elle et continua de lui poser des questions.

— Je n'ai pas vraiment envie d'en parler, finit-elle par dire.

Hendrik hocha la tête, compréhensif.

— Tu dois être épuisée. Avec cette histoire de cambriolage en plus…

Il se tourna vers Thierry.

— Vous en avez encore pour longtemps ?

— Cinq minutes. Le temps de fixer la poignée.

— Parfait. Vous avez de quoi faire une facture ? Pour l'assurance.

Alissa le regarda tendre un stylo à Thierry, inspecter la serrure, vérifier le nouveau jeu de clés. Elle enviait Hendrik d'être si pragmatique, si dépassionné. De penser d'instinct aux factures, aux assurances. Elle se sentait comme engourdie dans un brouillard d'émotions, incapable de se détacher du regard sombre de Kirem, des noms de Dadou et Lucie sur la liste des enfants tués. Mais, plus que leur mort, elle était tétanisée par les vies qui continuaient, comme celles de Hendrik, de Thierry, de Maud. Il lui semblait qu'ils marchaient trop vite, comme les personnages d'un film en accéléré dont elle peinait à suivre le cours.

Le serrurier présenta la facture à Alissa. Elle le régla et le remercia pour son travail, préférant ne pas remarquer qu'il évitait son regard. Il partit sans la saluer.

Hendrik s'approcha d'elle. Avec un sourire, il montra la nouvelle porte.

— Elle est splendide. Je crains qu'elle n'attire d'autres cambrioleurs.

Alissa se força à sourire.

Ensemble, ils rangèrent le salon. Pour combler le silence Hendrik parla longuement de « son lundi ». À l'annonce de l'attentat, son patron avait éclaté en larmes, un grand costaud pourtant. Ses collègues, eux, étaient brusquement devenus amnésiques et ils s'étaient empressés de vérifier que leurs enfants n'étaient pas scolarisés au lycée sinistré. Ils avaient allumé la télévision dans l'open space et d'un commun accord annulé les réunions. Quand ils avaient entendu la première fois « Tchétchénie », Hendrik et ses collègues avaient tapé sur Google le nom de la petite république russe.

— On avait l'impression d'être en guerre, résuma-t-il.

Il s'approcha d'elle, lui prit les mains et les posa contre son torse.

— Je sais que pour toi, c'est encore plus dur. Mais tu verras, dans quelques semaines, la vie normale reprendra son cours.

Elle eut un violent frisson, et Hendrik, voyant son visage trembler, pensa qu'elle laissait enfin libre cours à ses émotions ; il la serra contre elle. Au bout de quelques minutes, il relâcha son étreinte.

— On va se coucher ? J'ai un rapport à présenter tôt demain matin.

Avant de le rejoindre dans la chambre, elle ouvrit la fenêtre de la cuisine. L'air marin de La Haye s'engouffra d'un coup dans l'appartement. Quelques passants marchaient dans la rue ; leur présence la rassura. Au loin, une sirène s'éleva plaintivement avant de s'éteindre. Le pouls de la ville battait lentement mais avec fermeté, comme celui d'un homme à terre, décidé à se relever.

Le policier perd patience. Il détache les syllabes, répète ses questions comme si le silence d'Oumar s'expliquait par une mauvaise connaissance du néerlandais. Puis le ton monte. Il crie.

— Tu ne veux pas parler ? Tu sais ce qu'il va se passer si tu ne parles pas ?

Oumar voudrait dire à cet homme qui frappe sur la table qu'il est inutile de vouloir l'intimider. Il ne parlera pas.

Ses pensées sont revenues à l'état brut. Il a passé la nuit à fixer le plafond, ce néon qui ne s'éteint pas. Il a compris qu'il existait une infime chance qu'il s'en sorte, à condition de trahir sa famille, son peuple, leurs interdits.

L'homme se met à tourner autour de lui en crachant des insultes. Ne pas réagir, fixer le sol. Rester de marbre, attendre que la tempête passe. Mais lorsque le policier dit : « Je sais que tu as radicalisé ton frère », Oumar ne peut s'empêcher de relever la tête. Ses yeux s'écarquillent de surprise. *C'est ça que vous croyez ?* pense-t-il, observant l'homme piler net devant lui, à l'affût du moindre signe de faiblesse. *Vous en êtes là dans l'enquête ?* Il n'est plus le grand frère de Kirem depuis longtemps. Depuis la cicatrice, s'il faut dater. Il n'a plus d'influence sur lui, il l'a livré à Makhmoud. Oumar baisse les yeux.

Le policier lance un regard exaspéré vers la vitre sans tain et s'assoit. Il cherche un briquet, allume une cigarette, prend le temps d'une bouffée. Puis, d'un tiroir invisible, il sort une série de photos et les étale sur la table.

— Regarde, intime-t-il.

De toutes ses forces, le détenu tente de maintenir ses yeux au sol, car c'est là sa dernière liberté. Au bout de quelques minutes, le policier place une main sous son menton pour forcer Oumar à lever la tête.

Ce sont des photos de classe, prises un jour de printemps. Le pommier de la cour est en fleur et, si la photo était plus nette, on pourrait voir sur son tronc un cœur gravé par Oumar et Hector il y a deux ans. Certains lycéens sourient, d'autres sont de marbre ou font la grimace, ils sont placés selon leur taille. Les pantalons sont remontés pour laisser apparaître des Stan Smith, les jupes des filles sont rares mais courtes, les professeurs ont des sourires fatigués.

Oumar s'en souvient lui aussi, de cette journée où chacun se lamente de ne pas s'être mieux habillé pour cette photo surprise. Il était debout au deuxième rang, près d'Hector. La professeure qui les accompagnait était l'une de ses préférées : Alice Zoubaïeva. Elle avait détaché ses longs cheveux noirs retenus en chignon et quelques élèves avaient ricané pour dissimuler leur gêne de la découvrir si belle. Hector avait lancé une blague et Oumar s'était raidi, se concentrant de toutes ses forces pour ne pas rire tant que le photographe n'avait pas crié : « C'est bon, classe suivante. »

Sur la table, ce n'est pas sa photo qui est posée, mais celle d'une classe qu'il ne connaît pas. La classe de Kirem. Certains visages de lycéens sont entourés de cercles rouges dessinés au feutre.

— Compte-les, ordonne le policier.

Oumar n'obéit pas. En apnée, il cherche le visage de son frère. Il est là, au dernier rang, en corbeau noir, les lèvres serrées, et à moitié caché derrière un autre élève. Il n'y a pas de cercle rouge autour de lui.

Oumar sent ses poumons se remplir d'air.

Le policier écrase sa cigarette sur le visage de Kirem, dont les traits se consument avant de s'effriter.

— Maintenant tu vas me dire où il est, articule le policier. Le plan, c'était quoi ? Partir en Syrie ?

Oumar ne comprend pas tout de suite. Puis tout s'éclaire. *Ils le cherchent*, se dit-il. *Kirem est vivant.* Son cœur se met à battre d'un bruit sourd, et Oumar se dit que le policier va l'entendre.

Kirem est vivant, se répète-t-il, et malgré lui il

se met à sourire, à regarder le policier comme s'il souhaitait l'embrasser.

Une gifle s'abat contre sa joue. La douleur enflamme ses tempes. Un liquide tiède coule le long de son arcade sourcilière.

— Fils de pute, crache l'homme, et il sort en claquant la porte.

Oumar attend ainsi une heure, peut-être deux, le menton contre la poitrine pour ne pas offrir son visage ensanglanté aux gens derrière la vitre sans tain. Ses bras, toujours menottés à l'arrière de la chaise, lui font mal, ses épaules ne sont plus qu'un nœud de douleur. À plusieurs reprises, il a voulu pousser un cri, renoncer au silence. Il s'est retenu. *Kirem est vivant.* Rien d'autre ne fait sens.

Des mains sans visage et des voix impatientes finissent par le ramener dans sa cellule. Il tremble, épuisé. Est-ce la nuit, est-ce le jour ? On lui sert un plateau-repas, mais il n'avale rien. Ce n'est que lorsque des gants en latex blancs débarrassent l'assiette intouchée qu'il discerne la morsure de la faim.

Cette nuit, il n'est plus seul. Son frère est là. Il peut lui parler dans sa tête. Le brouillard s'est levé autour de Kirem.

Oumar se masse la joue gauche. Maintenant qu'il sait que Kirem est en vie, il se sent pour la première fois capable de réfléchir, d'analyser clairement sa situation et de penser à sa propre survie. Il a un alibi. Mais cet alibi, Alex, risque de le mettre en danger de mort. Si Alex parle à la police, il sera obligé de… Et comme s'ils l'écoutaient, il entend Makhmoud et son frère gronder : « N'oublie pas qui tu es. »

Lorsqu'il se réveilla, Alex cligna d'abord des yeux en direction de la fenêtre, émerveillé par le ciel bleu où se diluait la peine des Néerlandais. Un petit moineau s'était posé sur la rambarde de la fenêtre pour grignoter une miette de pain invisible. C'était possible, finalement, d'oublier.

Il suffisait de laisser passer le temps. Encore une semaine ou deux, et tout serait estompé.

Adam avait été arrêté un jour d'attentat, mais c'était certainement une simple coïncidence. Il mouillait peut-être dans une autre affaire, une histoire de drogue, de spéculation boursière ; son arrestation avait été planifiée longtemps en amont. Lui, Alex, n'avait en tout cas rien à se reprocher. Tomber amoureux d'un drogué, d'un financier avide, ça pouvait arriver à tout le monde.

Cinq jours après l'attentat, un samedi matin, il se leva avec pour la première fois l'envie de faire quelque chose de sa journée. Dehors, les livreurs à vélo injuriaient les voitures, les passants parlaient trop fort au téléphone, on klaxonnait, on s'énervait. La vie revenait. Et lui reprenait ses esprits. La veille, il avait arpenté la ville, espérant effacer ses pensées en martelant le bitume jusqu'à s'effondrer de fatigue. Ses pas l'avaient ramené sans cesse au café, là où il avait tenu la main d'Adam, là où ils s'étaient embrassés pour se dire bonjour. À croire que La Haye était construite en cercles concentriques.

Mais ce matin, il sentait la bruine s'estomper, les nœuds de son intestin se délier. Il y voyait plus clair. Ce qui lui était arrivé était anodin, une anecdote à raconter à son prochain rendez-vous amoureux. Être mis en joue par des policiers, le front plaqué contre le sol… Il y avait là quelque chose de légèrement excitant. Et s'il ôtait le souvenir d'Adam emmené par deux hommes cagoulés, ces quelques minutes de terreur pure pourraient même devenir plaisantes à évoquer. « L'attentat du 8 juin ? Tu sais ce qui m'est arrivé ce jour-là ? Attends, tu vas halluciner… »

Il se rasa, puis il sortit de sa chambre pour rejoindre Lukas et Tom, qui regardaient la télévision, avachis sur le canapé du salon. Avec la moue lasse des samedis matin, ils zappaient de chaîne en chaîne, un bol de céréales à la main.

Il s'assit à côté d'eux. Sur l'écran, des clips musicaux défilaient, il sentait son humeur s'alléger ; pour un peu il se serait mis à chantonner.

Quand soudain la photo d'Adam s'afficha en grand sur l'écran. Il avait les yeux pochés de cernes, les cheveux emmêlés, la peau grisâtre. Sous la photo d'Adam, le mot *terroriste* s'afficha en lettres rouges.

— Ils ont enfin trouvé une photo de ce bâtard, s'exclama Lukas.

Alex se leva subitement, comme s'il avait été brûlé. Il se précipita dans sa chambre. La tête lui tournait. Dehors, le moineau picorait toujours sa miette de pain invisible et, lorsque Alex ouvrit la fenêtre, l'oiseau s'envola en piaillant des reproches.

Il avait besoin de fumer, mais ses mains tremblaient. De sa poche, il sortit son téléphone et tapa *attentat photo du suspect.* Le réseau chargea immédiatement la photo, la même qu'à la télévision.

Oui, c'était bien Adam.

Alex aurait pu ne pas le reconnaître : on aurait dit un calque de mauvaise qualité de l'homme qu'il avait embrassé lundi et qui avait été arrêté sous ses yeux par un commando en armes. La photo devait dater un peu, Adam semblait plus jeune de quelques années. Il était désigné par un autre nom aux consonances inusitées, *Kirem Akhmaïev*, qu'Alex oublia aussitôt. Mais il n'y avait pas de doute, c'était Adam. Le même regard coulissant, qui retenait des interdits trop sombres. La même peau à peine sortie de l'adolescence, la même courbe des mâchoires, trop carrée pour savoir s'adoucir en un sourire. Pour la première fois, il remarqua la cicatrice sur la tempe gauche, la haine qui perçait à travers le regard. Comment Adam avait-il pu lui paraître fragile, voire craintif ? Il avait tué vingt-quatre personnes. Il avait fait exploser deux bombes dans le seul but de tuer, massacrer, semer la mort. Et il était ensuite venu, comme si de rien n'était, à leur rendez-vous. Comment Alex avait-il pu avoir envie de l'embrasser ?

Il se courba par-dessus la rambarde. Il avait envie de vomir. De s'arracher la peau, de frotter son corps jusqu'à en saigner pour éradiquer toute trace d'Adam sur lui. Il se sentait honteux, sale, impardonnable. Comme s'il avait participé lui-même à l'attentat.

Peu avant midi, Lukas vint frapper à sa porte. Il avait appris sur les réseaux sociaux que les Pays-Bas s'étaient donné rendez-vous à La Haye pour rendre hommage aux victimes. Tom était allé acheter des tulipes blanches chez le fleuriste.

— Mets tes baskets. En plus, c'est certainement les dernières journées de soleil avant un été pluvieux.

L'idée de rester seul dans l'appartement lui était insupportable. Alex décida de suivre ses colocataires jusqu'au point de ralliement, non loin du lycée.

Hagard, une cigarette au bout des doigts, il observait les drapeaux, les sanglots étouffés. Par réflexe, il répétait les slogans, les « vous ne nous faites pas peur », il scandait « l'amour vaincra », même si ce mot *amour* lui écorchait la bouche. Comme lui, la foule moite et suante tentait de se protéger du soleil, s'abritant derrière des pancartes et des Ray-Ban. Les filles portaient des robes légères, de couleur noire ou blanche, selon qu'elles optaient pour le deuil ou l'innocence révoltée. Alex se serait cru dans un festival de musique, mais les seules notes chantées étaient celles d'un requiem.

Il avançait à petits pas, poussé par ceux derrière lui, essayant de se diriger vers la gauche, où parfois se dessinait un couloir jusqu'au trottoir. Il devait s'échapper. Il ne pouvait pas rester ici, avec ces gens qui pleuraient des enfants qu'ils n'avaient jamais vus, devenus leurs frères, cousins, fils et amis. Non, il n'avait pas le droit d'être ici. Il avait embrassé leur meurtrier.

La foule se dirigeait vers le lycée. Elle parcourait avec lenteur les cent derniers mètres comme une procession funéraire qui rechigne à enterrer ses morts. Les voix se dissipèrent. Le silence s'installa, marqué par les pas des milliers de manifestants. Lukas, de temps à autre, se retournait pour vérifier qu'Alex suivait, préoccupé par son teint livide.

— Tu n'as pas l'air bien.

— C'est la chaleur, répondit Alex, et il détourna le regard.

Au bout d'une demi-heure, il se dit qu'il devenait maintenant urgent de trouver un moyen de s'enfuir, de quitter ces gens honnêtes dans leur deuil, convaincus d'être du côté du bien, tandis que lui pensait davantage au terroriste qu'aux victimes. Ils allaient le démasquer, le pointer du doigt, le lyncher.

Mais autour de lui, la foule se pressait, de plus en plus dense. Il aperçut au loin les murs en brique du lycée et il comprit qu'il ne pourrait plus faire demi-tour. L'établissement ressemblait à celui où il avait passé trois années interminables, à esquiver les mauvaises notes et les heures de colle. Il n'y avait pas de cantine dans son lycée, mais une simple cafétéria comme souvent aux Pays-Bas. Il tenta d'imaginer Adam y faire irruption à l'heure du déjeuner, actionner ses bombes, regarder Alex dans les yeux avant de le tuer.

Alex se demanda si les baisers donnaient un passe-droit face à la mort.

La foule arriva sur un petit parking transformé en lieu de commémoration. Les photos des victimes – vingt-deux élèves et deux professeurs – étaient imprimées sur des panneaux blancs, comme un jour d'élection, sauf que cette fois, en lieu et place des slogans, des lettres et des dessins avaient été punaisés tout autour.

Quelqu'un, monté sur un escabeau, fit un discours. Alex n'écouta pas. Il se demandait comment Adam avait pu enfourcher son vélo pour pédaler jusqu'au café où l'attendait son amant après avoir posé les bombes dans la cantine. Non, vraiment, cela n'avait aucun sens.

L'orateur conclut sous une salve d'applaudissements et les slogans reprirent. « Vous-ne-nous-faites-pas-peur. » Le lycée accueillait ces cris sans y répondre. « Nous-sommes-plus-forts-que-vous. » Petit à petit, les manifestants se lassèrent et la foule se dispersa. « Les-Pays-Bas-unis-face-au-terrorisme. »

Ils n'étaient plus qu'une dizaine à traîner devant

les photos des victimes, à passer d'un panneau à l'autre, comme dans une salle de musée en plein air. Tom tenait sa tulipe blanche à la main. Il la déposait au pied d'une photo, puis la reprenait et la déposait auprès d'une autre.

— J'hésite, *dude*. Ils ont tous l'air si jeunes.

Marloes, dix-sept ans, devait obtenir le *baccalaureaat* avec les félicitations. Kenza, quatorze ans, avait sauté deux classes pour mourir à l'heure du déjeuner. Lisa, quinze ans, serrait dans ses bras un chiot qui grandirait sans elle. Milan, dix-sept ans, espérait être pilote. Sarah, seize ans, avait des lunettes trop grandes pour son minois de petite souris. Joffri, seize ans, posait fièrement avec les drapeaux du Suriname et des Pays-Bas ; il avait reçu pour son anniversaire des billets pour voir fin août un match opposant ses deux équipes de football préférées. Son frère jumeau, Randy, devait l'accompagner, mais ils avaient décidé de déjeuner ensemble comme tous les lundis.

Alex avait de plus en plus de mal à respirer. Les visages des lycéens se superposaient et se confondaient avec la photo d'Adam.

Comment avait-il pu ne pas remarquer cette cicatrice sur sa tempe gauche ?

Adam avait parlé d'un examen important le lundi matin. Voulait-il parler de l'attentat ? Mais quelle logique y avait-il à commettre un acte aussi hideux puis à s'asseoir en terrasse pour profiter du soleil ? Non, Alex ne comprenait pas. À moins que…

Il plaça la tulipe sous la photo la plus proche et fit quelques pas pour s'asseoir à même le trottoir.

Dans le club, dimanche soir, Adam s'était laissé embrasser avec facilité tout en marquant sa réticence à aller plus loin. Il avait proposé de revoir Alex dès le lendemain et, à y réfléchir, cet empressement brisait toutes les règles de la sérénade amoureuse. C'était lui, Adam, qui avait choisi le lieu et l'heure de leur rendez-vous, ils avaient convenu de se retrouver à midi.

— Alex, tu viens, on va boire une bière ! cria Tom.

Il devait se concentrer : à quelle heure était arrivé Adam ? Vers midi quarante, avec une bonne demi-heure de retard. Alex ne lui en avait pas tenu rigueur : Adam s'était répandu en excuses dans un message. *Je suis désolé, je suis en route, commande-moi un allongé avec juste une goutte de lait, s'il te plaît, j'arrive.* Alex s'était exécuté et la serveuse avait apporté les boissons. Elle avait demandé si elle pouvait l'encaisser tout de suite.

Il eut un long frisson. Lorsque Adam s'était assis à la table, le café était déjà froid. Mais si la police se fiait au ticket de caisse émis, trente minutes avant qu'il n'arrive au café, Adam ne pouvait pas être à la cantine lorsque les bombes avaient explosé.

— Alex, on y va ! Qu'est-ce que tu fous ?

Adam l'avait manipulé. Le *terroriste* l'avait utilisé. Il l'avait choisi dans le club dimanche et s'était servi de lui. Alex était son alibi.

— Mec, tu vas te taper une insolation si tu restes comme ça.

Lukas et Tom se tenaient immobiles devant lui, les sourcils froncés. Alex se leva avec peine. Sa tête l'élançait.

— Tu ne te sens pas bien ? demanda Tom, qui avait finalement gardé sa tulipe blanche.

— J'ai la tête qui tourne.

— T'as besoin de boire une bonne bière, c'est tout !

Lukas le poussa en avant comme un enfant récalcitrant.

Le bar, avec son carrelage en damier noir et blanc et ses hautes tables en bois verni, était rempli d'étudiants venus participer au défilé. Ils avaient posé leurs pancartes contre le dos de leurs chaises, telles d'immenses béquilles. Les mains rivées à de lourdes chopes de bière, ils parlaient fort, éclataient de rire, se chamaillaient pour avoir la parole.

Chacun de leurs sourires écorchait Alex.

Il avait besoin de silence. Il devait reprendre le déroulé de son rendez-vous avec Adam point par point. Comprendre jusqu'où il était impliqué.

Lukas lui servit une bière.

— Hydrate-toi, ton mal de tête passera, lui intima-t-il.

Il obéit. Tom avait coupé la tige de la tulipe et avait aplati la fleur derrière son oreille. Le front et le nez rougis par le soleil, il sombra dans une léthargie bienheureuse dès la première gorgée de mousse.

Lukas, lui, avait jeté son dévolu sur Carla, une fille qui étudiait à son université de sciences politiques. Il avait pris cet air docte qu'Alex détestait chez lui, et s'était lancé dans un débat sur le terrorisme pour l'impressionner, accompagnant ses mots de grands gestes. La jeune fille levait les yeux au ciel et soufflait d'agacement. Alex n'écoutait pas. Il n'y arrivait pas. Il avait l'impression qu'un voile brumeux le séparait d'eux. Il ne réussissait pas à les voir avec netteté, à moins que ce ne soit lui qui soit devenu flou. Jusqu'au moment où, déchirant le brouillard, Carla dit :

— Faut être un monstre pour faire ça.

— Ce n'est pas un monstre, répliqua Alex.

Il s'attendait que le débat reprenne, mais Lukas et Carla le fixaient.

— Qu'est-ce que tu veux dire ? dit la jeune fille. Pour toi, tuer vingt-quatre personnes, c'est un truc normal ?

— Non, non, bien sûr que non, balbutia Alex. Mais le mec qui a fait ça, ce n'est pas un monstre… je veux dire, c'est quelqu'un comme nous.

— Quelqu'un comme nous, s'étrangla la jeune fille. T'es un grand malade !

Elle secoua la tête vivement et reprit la conversation avec Lukas, qui lui parla de Hannah Arendt, d'abdication de conscience, du fanatisme comme système de logique, de nazisme. À cet instant, Tom se réveilla subitement.

— *Yeah*, les djihadistes, c'est un peu nos nazis à nous, en fait !

Désorientée, Carla observa Lukas.

— Tes colocs sont un peu cons, tu t'en rends compte au moins ?

Lukas leva ses mains en l'air, comme s'il demandait un armistice. Avec un sourire, il tenta de changer de sujet de conversation, parla du beau temps, de la compétition de planche à voile organisée par leur université à la fin du mois, de ce nouveau resto qui avait ouvert près de Scheveningen. Au bout de quelques minutes, elle le remercia poliment pour la bière et quitta la table.

— Merci les mecs de m'avoir brisé mon coup, ronchonna Lukas.

Tom ôta la fleur de son oreille et la lui tendit.

— Va la donner à Carla, elle te pardonnera. Ça marche en tout cas sur les filles du Midwest.

Mais Lukas scrutait déjà le bar à la recherche d'une nouvelle conquête.

— Je vais y aller, dit Alex.

Ses colocataires le saluèrent. Il partit sans bruit.

Le soir était tombé et la nuit pâlissait dans les rues de La Haye. Il prit le tram et s'assit côté fenêtre pour regarder les gens sur leurs vélos, dans leurs voitures, marchant main dans la main sur des trottoirs exigus. Des couples du même sexe s'embrassaient. Des mamies attendaient le tram. Des enfants léchaient des glaces. Elle était belle, sa ville. Elle semblait immortelle.

Alex devait prendre une décision. Il y avait trop

d'incertitudes, trop de zones d'ombre dans son rendez-vous avec Adam. « Le matin, j'ai un examen… Un endroit où nous serons en sécurité… Commande-moi un café, j'arrive. »

Alex ne pouvait plus garder toutes ces phrases pour lui. Plus maintenant, alors qu'il avait vu la photo d'Adam s'afficher à la télévision, avec un bandeau rouge : *Toujours en fuite.* Il devait en parler à la police. Confier ses doutes. Tout raconter. Dire : « J'ai embrassé un terroriste. »

Hendrik était venu chercher Alissa chez elle. Il avait apporté des pâtisseries trop sucrées à son goût. Elle s'était forcée à grignoter pour éviter qu'il ne lui jette un regard inquiet. Alissa ne comprenait pas pourquoi tout le monde attendait d'elle qu'elle mange, rie, se repose. Pourquoi Maud lui proposait de faire du shopping afin de trouver une tenue appropriée pour l'enterrement de Lucie, la seule élève qu'elles avaient en commun hormis Kirem. Pourquoi la police ne cessait de l'appeler pour vérifier la signification d'un mot dans les traductions des devoirs de Kirem, comme si elle était la seule Tchétchène *fiable* dans cette ville. Qu'avaient donc ces gens à être si pressés d'aller de l'avant ? Ils parlaient d'enterrements, d'enquêtes, ils disaient que s'asseoir en terrasse et lever son verre à la vie était un acte de résistance, et tout ce qu'elle ressentait en elle était un immense vide, le souffle du choc soulevé par les bombes.

Le même vide qu'avant.

Hier soir, alors qu'elle finissait de ranger le salon, prenant ici et là des objets pour les mettre à la place des livres manquants dans sa bibliothèque, elle avait entendu des pas, puis un cliquetis à l'entrée, comme un tournevis dans sa serrure.

On tentait de s'introduire chez elle.

Son sang s'était glacé. Kirem. Il était venu. Il allait la tuer. Elle avait trahi son peuple, les cent et une guerres qu'il avait livrées pour être libre et fier. Elle allait mourir, égorgée par son élève.

Puis les pas devant sa porte s'étaient éloignés et elle avait entendu une voix de femme grommeler en ouvrant la porte d'en face ; c'était son voisin qui rentrait ivre mort, comme tous les vendredis.

Depuis la perquisition, il lui semblait que son appartement était plus que jamais perméable aux mains des hommes. Elle avait repris ses vieilles habitudes : ne pas se poster aux fenêtres, fermer les rideaux le soir, mettre le volume de la radio au plus bas. Ne pas attirer l'attention. Faire croire que l'appartement était inoccupé, pour qu'il ne soit pas la cible de tirs, de racontars ou de nouvelles perquisitions.

Elle n'avait plus faim, toute odeur lui retournait l'estomac. Au cours de la semaine, Hendrik était venu dormir chez elle, il l'avait caressée, avait chuchoté quelques mots dans le creux de la couette. Elle l'avait repoussé, en essayant de trouver des excuses qui sonnaient juste. Mais la seule qui se serait approchée de la réalité était : « Je ne suis plus vraiment moi-même. » Je ne sais plus qui je suis, et si je ne réussis plus à être Alice la Néerlandaise mais seulement Alissa la Tchétchène, alors nul n'a le droit de me voir nue.

Après le petit déjeuner, Hendrik lui avait proposé de se promener le long de la plage, à Scheveningen.

— C'est samedi, avait-il dit.

Et elle avait failli répondre : « Oui, et Lucie sera enterrée demain. »

Elle avait mis de nouveau une tunique et un pantalon noirs. Dans son sac, elle avait glissé un petit foulard. Au cas où la température se rafraîchirait, se disait-elle. Au cas où elle croiserait un homme aux sourcils lourds, qui ressemblerait à ses frères et ses cousins.

Elle s'en voulait d'avoir peur.

Dans le tramway, Hendrik faisait la conversation pour deux. Il avait toujours été bavard, et elle très silencieuse : c'était un accord tacite conclu dès leur première rencontre et qu'elle n'avait jamais cherché à négocier.

Deux ans auparavant, peut-être un peu plus, Maud les avait présentés lors d'une soirée donnée par Jacques à l'occasion de ses cinquante ans. « Hendrik est mon cousin, il adore la Russie, Alice est ma collègue, et elle vient de Moscou. Vous avez beaucoup de choses à vous raconter », avait-elle dit en guise d'introduction, avant de s'éclipser auprès d'autres invités.

Très vite, Alissa avait compris qu'elle pouvait ne

pas souffler mot si elle le désirait : Hendrik confondait mutisme et écoute. Il aimait une Russie de pacotille et ne tarissait pas sur ses bulbes dorés, ses *troïki* filant sur la neige. Il avait lu Tolstoï, Lermontov et Tourgueniev, laissant de côté Dostoïevski, Grossman et Boulgakov. Il s'imaginait la Russie peinte avec une palette de couleurs pastel, avec de temps en temps une tache rouge sang pour réveiller le lecteur, il se targuait de suivre la politique de près et qualifiait de visionnaire Vladimir Vladimirovitch Poutine.

Enfin, il savait tout sur les vertus du bortsch.

Alissa l'écoutait, envoûtée malgré elle par ce pays qu'il décrivait. C'était là une belle patrie, un pays dont on ne pouvait qu'être fier, disait-il pour la flatter. Elle se surprenait à acquiescer, à renchérir sur la beauté de Moscou et du Kremlin, comme si Grozny n'avait jamais été bombardée. Elle en oubliait la misère des années perdues dans la capitale, l'abandon de sa mère et cette multitude de vexations pour obtenir enfin un visa et partir pour toujours. En écoutant Hendrik, elle avait l'impression d'appartenir à la Russie, et d'en être profondément heureuse.

Hendrik lui avait dit que son accent était charmant, que cela lui rappelait des femmes aimées. Il avait un tropisme pour les Slaves, il n'y pouvait rien, avait-il ajouté, le sourire carnivore.

En Tchétchénie, une telle goujaterie aurait été punie, avait-elle songé. Elle s'était forcée à chasser cette pensée : elle était citoyenne des Pays-Bas. Hendrik s'adressait à Alice, la Russe devenue néerlandaise, et non à Alissa, la Tchétchène au sang ardent, dont le clan répond de la chasteté. Alors elle avait fait mine de rire à ses paroles et l'avait écouté poursuivre sur les avantages comparés des régimes politiques russe et européen. Il l'avait embrassée. C'était le troisième homme seulement dont elle touchait les lèvres, et le premier qui n'était pas russe. Elle en avait éprouvé un sentiment de victoire, mêlé de crainte. D'un coup, elle s'était sentie entièrement néerlandaise.

Dans le tramway, en regardant les enfants chahuter et leurs mères les gronder, elle songeait à ce baiser et observait Hendrik, ses cils blonds, ses cheveux de paille, sa peau qui brûlait à chaque rayon de soleil. Il était grand et élancé, les mains solides, les épaules robustes. Sa chemise repassée était glissée dans son jean. Hendrik inspirait la confiance, le calme. Les passants s'adressaient naturellement à lui lorsqu'ils étaient perdus et les mamies du tramway savaient qu'il les aiderait à descendre les marches. Les contrôleurs ne vérifiaient que très rarement ses tickets. C'était un homme standard, auquel la société se rapportait lorsqu'il s'agissait de fixer la norme.

Était-ce pour ajouter un peu de sel à ce breuvage insipide qu'il avait décidé de sortir avec Alissa ?

Elle sentait les regards des passagers peser sur elle : elle avait détaché ses cheveux et leur couleur charbonneuse contrastait avec la blondeur habituelle des femmes d'ici. Son visage, aux traits aussi slaves qu'orientaux, déroutait également les habitants de

La Haye, habitués à une immigration principalement turque ou surinamaise.

Elle avait appris avec stupeur aux Pays-Bas que le mot *kaukasische ras* désignait les personnes blanches, comme Hendrik et la majorité des Néerlandais. Elle, Alissa, native du Caucase, n'était pas incluse dans ce mot *caucasien.* La première fois que quelqu'un le lui avait expliqué, elle en avait éprouvé une profonde injustice. Les Russes l'avaient privée de la fierté d'être tchétchène et les Européens lui ôtaient le droit d'être caucasienne. Puis elle s'était raisonnée ; ce n'était qu'un mot. Petit à petit, elle avait appris à faire profil bas, à respecter les règles du jeu, établies unilatéralement par la société qui l'accueillait, même si elle les jugeait injustes. Elle s'était aussi habituée à ces regards pesants dans le tramway, notamment lorsqu'elle arrangeait son voile sur le chemin de la mosquée. Ou comme aujourd'hui, quelques jours après l'attentat commis par un garçon de son peuple.

On était samedi, et la ville semblait avoir repris des couleurs. Seule la présence accrue de militaires en armes rappelait aux habitants que l'inimaginable avait eu lieu. On peut très bien s'accommoder de l'inimaginable, paraissaient dire les passants. C'est la meilleure chose à faire un jour d'été. Les terrasses des restaurants étaient bondées comme tous les samedis. L'ambre doré des bières reflétait les sourires et on dévorait les *pannenkoeken* d'un solide appétit.

Mais la jetée de Scheveningen était à moitié vide. Et à y regarder de plus près, Alissa s'aperçut que les terrasses étaient en réalité remplies de vieilles dames et d'enfants en bas âge, de touristes asiatiques et de tonitruants Américains.

— Je crois que les gens sont tous allés à la marche blanche, fit Hendrik.

— Quelle marche blanche ?

— Celle pour les victimes de l'attentat. Maud m'avait dit de t'en parler, mais j'ai oublié, désolé.

Elle lui en voulut aussitôt. Que faisaient-ils ici sur la plage, si tous les habitants de La Haye rendaient hommage aux victimes ?

— Il faut qu'on y aille nous aussi, dit-elle.

— Tu vas déjà à un enterrement demain, tu ne vas pas passer le week-end à pleurer les morts.

— Je veux aller à la marche blanche.

Hendrik la scruta, décontenancé. Il rêvait de s'allonger sur la plage, de profiter d'un samedi ensoleillé, avec une bière fraîche, si possible. Leur présence à un défilé ne changerait strictement rien. Il se promettait de rendre hommage aux morts une autre fois, à sa façon, peut-être dès ce soir en déposant une bougie près du Palais Noordeinde avant d'aller au restaurant. Pas maintenant, alors qu'il faisait si beau.

Mais Alissa insista, et il céda. Ils prirent le tram en sens inverse, cette fois en silence, Hendrik portant le deuil de son après-midi d'été.

Lorsqu'ils arrivèrent devant le lycée, la foule s'était déjà dispersée. Quelques dizaines de personnes restaient près de grands panneaux blancs où les photos des victimes avaient été affichées. Un jeune homme, la mine blafarde, allait d'une pancarte à l'autre, des tulipes blanches à la main. Alissa crut reconnaître l'étrange garçon aperçu devant le café, sur la place Buitenhof. Elle regretta d'être venue les mains vides ; elle aurait tout donné pour avoir elle aussi une tulipe, un lys, une rose à déposer au pied des pancartes. Le cœur battant, elle s'approcha des photos.

Elle reconnut aussitôt Dadou. Enfoncé dans un sweat-shirt Supreme trop grand pour lui, il cultivait avec zèle quelques poils au menton, qui contrastaient avec son visage encore poupin. Dans ses bras, il tenait une jeune fille souriante : c'était Lucie, la jeune Polonaise.

Alissa eut un vertige et, pour ne pas tomber, elle s'accroupit. Pendant quelques minutes, elle fit semblant de déchiffrer une lettre posée à terre entre deux gerbes de fleurs, mais les mots dansaient devant elle sans avoir aucun sens. Comment avait-elle pu ne pas s'apercevoir que ses deux élèves étaient en couple ? Quelle professeure était-elle ? Elle n'avait pas vu leurs œillades amoureuses, tout comme elle n'avait pas su remarquer les velléités meurtrières de Kirem.

Elle eut envie de crier, d'arracher les pancartes, de piétiner les fleurs laissées sous les photos. Elle avait été trop affairée à se construire un personnage, à s'assurer que nul élève ne verrait à travers son armure, sa sévérité, son chignon. Elle s'était inquiétée de leurs notes, de leurs difficultés et progrès, mais elle ne s'était jamais penchée sur les raisons des pitreries de Dadou – il souhaitait attirer l'attention de Lucie – ni sur le silence de Kirem.

Les parents d'élèves avaient raison : elle avait failli.

Elle était responsable de la mort de leurs enfants. Elle aurait pu parler avec leur assassin. Dire, dans une langue qu'ils étaient seuls à connaître : « Ne fais pas ça. Tu vaux mieux que ça. » Rappeler que tout, chez eux, n'avait pas été violence et guerre. Oui, elle aurait pu. Au lieu de cela, elle avait refusé le dialogue qu'il avait tenté d'amorcer avec elle. Dans sa poitrine, des éclats de verre hachaient sa respiration.

— On y va ? C'est fini, les gens sont tous partis.

Hendrik la regardait, avec une moue boudeuse. Ses lunettes de soleil lui donnaient un air de vacancier et son front avait pris une teinte rosée. Elle savait ce qu'il pensait : « Ça valait bien la peine de m'amener ici. À quoi bon sombrer dans cette mièvrerie ? Vos fleurs et vos bougies ne ramèneront pas les enfants à la vie. Ce qu'il faut, c'est de l'action, des contrôles à la frontière inflexibles et des lois anti-immigration intransigeantes. » « Mieux vaut prévenir que guérir », avait-il dit ce matin encore à Alissa.

— Je vais rester là, lui dit-elle.

— Tu ne veux pas aller à la plage ? On pourrait prendre une glace en chemin.

Elle se força à répondre d'une voix calme.

— Hendrik. C'étaient mes élèves. J'ai besoin de temps.

Il leva les mains en l'air.

— Comme tu veux.

Après un temps d'hésitation, il ajouta :

— Tu sais, il y a des cellules d'aide psychologique qui ont été mises en place. Maud en a appelé une, il paraît que ça l'a beaucoup aidée contre les insomnies cette semaine…

Alissa hocha la tête docilement.

— Je les appellerai si ça ne va pas mieux.

Elle mentait. Jamais elle ne pourrait formuler, de surcroît dans une langue étrangère, la culpabilité qu'elle ressentait.

Il l'embrassa.

— On se voit lundi. Dis-moi si je peux faire quelque chose.

Personne ne pouvait l'aider. Ni les voix anonymes au téléphone ni Hendrik qui s'éloignait. Elle voulait regarder chaque photo, une par une, sans faiblir. Pour voir ses élèves lui sourire une dernière fois et, peut-être, lui pardonner.

tu les vois ces gosses soumis à tes ordres, ils écrivent déjà comme si leur vie en dépendait

conjuguez au passé voir manger rire être aller vivre ressentir aimer jouer croire mourir

ils savent que tu es la prof la plus sévère au monde mais ils ne savent pas ce que tu caches

professeure sans pitié, chignon de vieille dame, pas de cris mais des mots méchants pour chacun surtout pour moi

dis-moi madame, pas mal ton déguisement. on pourrait presque te croire. Je suis le seul à deviner la vérité, à flairer tes trahisons

le seul à savoir que tu ris tu bois du vin tu détaches tes cheveux tu embrasses des hommes

que tu joues à l'Européenne tu changes de prénom tu enseignes une langue qui a colonisé la nôtre

Tu te crois libre.

Un jour, on viendra s'occuper de toi.

L'enquête semble avancer. Cette fois, le policier n'a pas crié, il ne s'est pas énervé. Il s'est contenté de regarder Oumar fixement et de lui poser des questions sur Makhmoud.

— Tu savais ce qu'il préparait ?

Ça y est, on y vient, s'est dit Oumar. L'enquête a localisé le nerf central. Ce n'est plus qu'une question de jours : on découvrira son alibi, Alex tiendra sa langue, et on le relâchera. Il s'en sortira sans avoir prononcé un seul mot.

— Tu sais où il s'est procuré les explosifs ?

Quand il a vu qu'Oumar ne répondrait pas, le policier a réprimé un soupir et ordonné qu'on le ramène dans sa cellule.

Ce qui angoisse le plus Oumar dans cette petite pièce d'une dizaine de mètres, ce ne sont pas les taches brunes sur les murs, de sang ou d'excréments séchés, ni les bruits de pas et de portes claquées dans le couloir. C'est le robinet.

Le filet d'eau coule une dizaine de secondes

dans le lavabo avant de se tarir automatiquement. Le temps de boire deux, trois gorgées, pas plus. Oumar s'imagine boire toute sa vie en comptant les secondes. Appuyer sur le bouton rouge pour l'eau chaude, le bouton bleu pour l'eau froide et ne plus jamais goûter à l'eau tiède.

Ne plus jamais prendre un thé devant la télévision, ne plus jamais manger de biscuits fourrés au chocolat, ne plus jamais regarder le ciel la nuit.

Ne plus jamais danser et rire comme Adam.

Tout à l'heure, le policier lui a demandé : « Tu as peur de Makhmoud ? » Le Tchétchène aurait dû répondre : « À qui t'adresses-tu ? À Adam, à Oumar ? »

Adam est Oumar, mais Adam ne ressemble pas à Oumar. Oumar est ponctuel, Adam est toujours en retard de vingt minutes à ses rendez-vous. Oumar a un accent tchétchène, Adam un accent jordanien. Oumar a de grandes mains sèches, Adam de longs doigts féminins. Oumar est pudique, Adam éclate d'un rire gourmand, presque sauvage, lorsqu'il emmène ses amants dans les toilettes d'un bar. Il lui faut du tumulte, du tapage, des embrassades et des saluts, il aime chahuter, provoquer, courir dans la rue pour suivre un inconnu, s'absenter un instant et revenir danser l'air de rien.

Au souvenir de la liberté d'Adam, la pièce rétrécit encore un peu. Mais Oumar commence à comprendre que, tout étroite qu'elle soit, la cellule peut devenir refuge. Elle pourrait y abriter Adam, en toute sécurité, s'il admet de ne plus jamais être libre. Il laisse cette idée s'approcher de lui, et il ne sait si c'est elle qui l'apprivoise ou lui qui l'accepte petit à petit.

Sur le portrait à l'entrée de l'église, Lucie avait les joues légèrement rosies, un regard bleu candide. Elle semblait contenir son sourire, comme si elle ne souhaitait pas dévoiler plus que nécessaire ses incisives un peu écartées. Assise sur un tabouret, les mains sagement croisées, elle paraissait attendre que chacun prenne place.

Alissa entra, veillant à ne croiser aucun regard.

Lucie était une élève sage, discrète, appréciée de ses professeurs. En cours de russe, Alissa la félicitait souvent pour ses efforts en grammaire et la comptait parmi ses meilleurs élèves. Ses parents n'étaient venus qu'une seule fois la rencontrer, lors de la réunion obligatoire de début d'année ; la mère comme le père parlaient un néerlandais hésitant, jalonné de fautes. Ils regardaient leur fille pour qu'elle traduise les propos d'Alissa, et Lucie s'exécutait avec docilité, presque résignation.

Lucie parlait deux langues au quotidien et elle menait deux vies en parallèle : devant les adultes, celle d'une jeune fille attachée aux traditions polonaises, calme et effacée ; avec ses camarades, celle d'une amoureuse et amie loyale. Samedi, jusque tard dans la nuit, Alissa avait erré sur les réseaux sociaux, à la recherche de Lucie, de photos, de vidéos, tout ce qui pourrait ramener son élève à la vie, ne serait-ce qu'une minute. Elle avait fini par trouver son profil Instagram grâce aux médias qui avaient publié des photos de la jeune fille. Lucie et son nouveau vélo. Lucie avec Dadou devant les maisons miniatures de Madurodam, Lucie à la plage, Lucie en train de manger un *broodje haring*[1]. Lucie et ses deux meilleures amies Steffie et Johanna, Lucie et Dadou à Amsterdam.

Cette Lucie-là se fichait éperdument des déclinaisons russes et des bonnes notes. Elle était connue pour son humour pince-sans-rire et sa capacité à tenir l'alcool en soirée. *On ne t'oubliera jamais*, avaient écrit ses amis sous la dernière photo postée sur son compte Facebook, un selfie un peu flou, avec un filtre qui l'entourait d'étoiles jaunes et de paillettes dorées. *Dadou et toi vous resterez à jamais vivants dans nos cœurs. Ma vie ne sera plus pareille sans toi. Je n'arrive pas à croire que tu sois partie. Un jour on te vengera. Tu vas me manquer.* En lisant les centaines de messages, Alissa avait compris que, le jour de l'attentat, Dadou et Lucie étaient assis à la même table, peut-être pour réviser ensemble le russe

1. Sandwich au hareng avec oignon et cornichons.

ou se raconter leur week-end. *Ensemble jusqu'à la mort RIP votre amour est éternel.* Avaient-ils levé la tête en observant Kirem faire irruption dans la cantine ? S'étaient-ils moqués de son air de corbeau tombé du nid, avec ses cheveux mal coiffés, ses habits noirs froissés ? Avaient-ils eu le temps d'entendre le bruit de l'explosion, étaient-ils morts sur le coup ?

Depuis lundi, Alissa tentait d'imaginer la scène en compilant les éléments donnés par la police et les médias. Mais elle ne parvenait pas à se représenter Kirem poussant les portes battantes de la cantine, observant avec un sourire narquois la foule bruyante attablée. Elle ne réussissait pas à se figurer l'explosion, puis la deuxième, l'odeur âcre du sang, le silence qui se tendait comme un arc prêt à rompre, et d'un coup, les hurlements.

— Alice, viens, je t'ai gardé une place ici !

Habillée d'une longue robe sombre, les épaules recouvertes d'un châle gris perle, Maud paraissait plus petite que d'habitude. Son visage était couleur de cendre : elle semblait ne pas avoir dormi depuis plusieurs nuits. Elle serra dans ses bras Alissa un peu plus fort que d'habitude.

— Il faut que je te parle, chuchota-t-elle. À propos d'Oumar et de Kirem.

— Pas ici, Maud. Pas pendant l'enterrement.

Elle avait l'impression que Maud venait de proférer une grossièreté, une injure qui flottait au-dessus d'elles et les distinguait de la foule recueillie se pressant dans l'église. Au premier rang, les parents de Lucie regardaient autour d'eux avec effarement. Ils ne reconnaissaient personne. Ni les amis de leur fille ni les hommes politiques qui venaient les saluer. Le brouhaha montait, amplifié par la nef de la petite église.

Le silence se fit lorsque la cérémonie, en polonais, commença. Alissa parvenait à suivre cette langue aux intonations si proches du russe, mais Maud lançait des regards paniqués à son livret de messe. Dans un grand silence, les cantiques étaient repris par une vingtaine de voix : les cousins, les oncles et les tantes de Lucie. Le reste de l'assemblée se taisait, soudain consciente de participer en voyeur à une tragédie qui n'était pas la leur. Qu'étaient donc venus faire ici les autres parents d'élèves ? Se gorger d'une peine cathartique, prétendre être solidaires tout en se félicitant de ne pas être à la place du père et de la mère endeuillés ? Et le représentant du *Partij voor de Vrijheid*, qu'espérait-il ? Convaincre les parents de Lucie de voter pour l'extrême droite afin que les mauvais immigrés ne viennent plus tuer les enfants des bons immigrés ?

Lorsque la messe prit fin, Maud se mit à pleurer sans bruit. Alissa lui tendit un mouchoir, cherchant en vain à la consoler. Les mots lui semblaient tous des coquilles vides.

— Alice, nous sommes coupables, dit Maud entre deux hoquets.

Alissa regarda les murs d'un blanc crème, Jésus

et sa couronne d'épines, les saints et leurs mains jointes.

— Sortons d'abord de l'église, plaida-t-elle. Allons présenter nos hommages aux parents.

— Je ne peux pas les regarder en face après ce que nous avons fait.

— Nous n'avons rien fait, rétorqua Alissa, et elle entendit sa voix résonner dans l'église. C'est Kirem le terroriste. C'est lui qui a tout fait. Nous ne sommes coupables de rien.

Maud la regarda, interdite, et Alissa craignit un instant de ne pas avoir parlé néerlandais, d'avoir laissé son accent prendre le dessus et transformer les mots en galimatias. Au bout de quelques secondes, son amie murmura :

— Bien sûr qu'on est coupables. On a laissé Kirem sombrer. On a permis à Oumar de…

Elle s'interrompit soudainement : son regard fixa quelque chose derrière Alissa et son visage prit une expression terrifiée. Alissa se retourna. Deux policiers remontaient l'allée centrale de l'église à moitié vide. Ils se dirigeaient vers elles.

— Je n'ai rien fait, je vous jure que je ne savais pas ! glapit Maud alors qu'ils s'approchaient.

Un des policiers lui jeta un regard suspicieux et prit Alissa par le bras.

— Faut que vous veniez avec nous, dit-il. La mère du terroriste ne veut parler qu'avec vous.

En se levant, Alissa tenta de contrôler les tremblements de son visage, comme si elle n'entendait pas le mot *terroriste* semer le silence parmi les bancs. Elle fit un petit signe à Maud, qui la regardait, pâle, immobile. Quand elle sortit sur le parvis, elle vit les parents de Lucie figés par l'apparition des policiers. Elle n'osa leur présenter ses condoléances.

Oumar se souvient de Taïssa, ses yeux secs et impassibles, ses mains chaudes même au creux de l'hiver, la peau douce malgré l'absence de caresses.

Mère-rempart, elle levait le menton vers le plafond de la cave, comme si elle défiait les avions de faire tomber leurs bombes sur ses enfants. Oui, il se souvient de ce regard qui ne vacillait pas, de son calme face aux grands-mères qui la harcelaient de reproches. Elle gardait la tête froide et les voisins s'en remettaient à elle. Taïssa avait la parole juste, le cœur acéré. Chacun savait que, si elle n'avait pas ses fils à élever, elle serait déjà dans les forêts, à se battre épaule contre épaule avec son mari Souleiman.

Oumar essaie de retrouver ce sentiment de fierté qui a nourri son enfance. Cette certitude d'avoir la seule mère qui vaille, loin des autres souris plaintives de la cave, faiblissantes et affamées. Quand il suffisait de regarder Taïssa pour que la guerre n'existe plus.

Depuis quelques années, Taïssa n'est plus vraiment là. Elle demande des verres d'eau qu'elle oublie de boire, elle exige la télécommande pour fixer l'écran éteint, elle répète qu'elle est fatiguée et s'allonge sans fermer les yeux. Elle parle du baccalauréat en continu, elle le prononce à la néerlandaise, *baccalaureaat*, en agrandissant le *a* final, elle rappelle qu'ils sont venus ici pour cela, qu'ils ne doivent pas l'oublier.

Mais elle ne sait plus qui d'Oumar ou de Kirem va à l'école, qui des deux est l'aîné, et elle parle encore de Souleiman comme s'il allait rentrer d'un moment à l'autre. Les gens ont toujours dit que les deux frères se ressemblaient, pourtant seul Kirem est le portrait de son père.

Parfois, Taïssa se met à hurler. Des murs voisins, Oumar entend :

— Faites-la taire !

Il l'assomme de médicaments. Elle se réveille en disant :

— Ça y est, Kirem a eu son bac ? On peut rentrer chez nous ?

Oumar sait faire diversion. Il lui lit le bulletin de son frère, il omet les remarques des professeurs : *Inconstant*, *Souffle le chaud et le froid*, *Sautes d'humeur*… Taïssa ne peut lire que les notes, et les notes de Kirem sont bonnes.

Il voit sa mère engourdie, seule dans la cuisine. Elle a soif, sa voix résonne dans la pièce. L'appartement est vide sans les trois garçons. Elle a oublié comment fonctionne le purificateur d'eau. Elle a peur d'être empoisonnée par le robinet, les Russes déversent du poison dans les tuyaux, c'est bien connu.

Qui la rassure aujourd'hui ? Oumar est en prison et Kirem est loin, peut-être déjà en Syrie. Quand Oumar songe à Taïssa, les murs de la cellule avancent de quelques centimètres. Ils vont finir par l'écraser, alors il tente de ne pas penser à elle.

Oumar écoute les pas du gardien, près de la porte de la cellule. Il est allongé sur un lit, un fin matelas sur des ressorts de fer, des barreaux aux deux extrémités, l'insomnie lovée dans l'oreiller. Il a dû émettre un bruit sans s'en rendre compte. Il a l'impression de devenir fou, à force de dédier ses pensées à Kirem puis à sa mère, puis à Makhmoud, puis de nouveau à Kirem. Il sait que c'est aussi le meilleur moyen de ne pas réfléchir à lui-même, à ce qui l'attend. Tourner en rond pour ne pas regarder devant soi.

Sa mère était la seule à discerner en lui quelque chose de différent, comme une note qui sonnait juste mais qui ne s'accordait pas avec les autres. Taïssa l'entendait, cette dissonance, et c'était elle qui avait réuni l'argent, en vendant des légumes sur le marché, puis en empruntant aux frères d'armes de Souleiman. Elle avait envoyé Oumar dans un pays étranger, elle qui l'attendait le soir à la sortie de l'école, terrifiée à l'idée qu'on lui vole son enfant.

Elle s'était séparée de lui pour pouvoir le sauver. Elle n'avait pas compris que, tant qu'il ne saurait taire cette note discordante, il ne serait jamais en sécurité. Sauf ici, en prison, loin des autres.

Allongée sur un lit aux draps d'une blancheur éclatante, Taïssa scrutait le plafond. À côté d'elle, une infirmière remplissait sa fiche, accoudée sur une petite commode. Un policier s'était posté à la fenêtre, étouffant des bâillements. Un deuxième était assis sur une chaise en face d'elle, étudiant méticuleusement son visage. Il semblait se dire : « C'est ça, une mère de terroriste ? », et être légèrement déçu.

— C'est vous, Alissa ? demanda-t-elle en tchétchène, quand la jeune femme entra dans la chambre.

Elles ne s'étaient jamais rencontrées. Taïssa n'était jamais venue aux réunions parents-professeurs. Oumar expliquait que sa mère était « indisponible ». Aujourd'hui, Alissa comprenait ce qu'il avait voulu dire. Taïssa était là, sans être ici. Elle était certainement consciente d'être alitée dans cet hôpital, mais elle paraissait avoir oublié la raison pour laquelle des policiers se tenaient près d'elle.

Alissa s'assit à ses côtés, sur une chaise en Formica. Elle avait mis avant d'entrer son petit foulard, dont la soie noire se confondait avec ses cheveux. L'officier Denoor et le lieutenant Janssen, croisés dans le couloir, se postèrent près de la porte. Le soleil dessinait leurs silhouettes sur le lit. L'officier Denoor plaça un magnétophone sur la table de chevet, entre un verre d'eau et deux cachets. Il l'enclencha.

— Les petits sont avec vous ?

Il fallut quelques secondes à Alissa pour comprendre que Taïssa se référait à ses deux fils. Elle fit non de la tête, puis répéta à haute voix afin d'être certaine que Taïssa l'entendait. C'était la première fois qu'elle parlait tchétchène depuis plusieurs années et la présence de l'officier Denoor derrière elle la mettait mal à l'aise.

— Vous les avez chassés du lycée ? Ils n'auront pas leur bac ?

Alissa se tut. Pourquoi parlait-elle de ses enfants comme s'ils étaient tous les deux scolarisés, et comme s'il était encore question du bac ? Taïssa savait-elle ce qui s'était passé ? Les policiers avaient dû lui dire : « Madame, vos fils ont fait quelque chose de très grave », maniant l'ellipse à dessein pour éviter toute résistance. Alissa se demanda avec angoisse si c'était là le rôle qui lui avait été assigné. Être la messagère du malheur auprès d'une mère inaccessible.

— Non, je ne les ai pas chassés, dit-elle d'une voix aussi douce que possible. Oumar est avec la police, il a été arrêté.

Pour la première fois, Taïssa tourna la tête et observa Alissa. Ses yeux avaient la teinte des branches encore vertes dont le bois craque dans le feu. Alissa reconnaissait en ses traits ceux des femmes de son peuple, capables d'exprimer à la fois une infinie tendresse et une terrifiante dureté. Mais quelque chose, il y a plusieurs années, avait brisé les arceaux du visage de Taïssa et elle en portait désormais les débris en guise de masque.

— Makhmoud est avec Oumar ?

Alissa regarda les policiers. Que pouvaient-ils comprendre de la conversation ? La mère d'Oumar et Kirem ne parlait qu'en tchétchène, utilisant de temps à autre un mot de russe, comme s'il lui échappait par inadvertance. Le nom de Makhmoud, par contre, fit tressaillir le lieutenant Janssen et, devinant la question posée, il fit signe à Alissa de lui répondre.

— Oui, Makhmoud est avec lui.

Taïssa se redressa d'un coup sur le lit.

— Non, cria-t-elle. Séparez-les ! Oumar ne peut pas être avec Makhmoud !

Avec une force insoupçonnée, elle agrippa le poignet d'Alissa, les pupilles dilatées par la terreur. Les policiers se précipitèrent vers elle. Aidé par l'infirmière, l'officier Denoor voulut la forcer à desserrer son étreinte, mais Taïssa enfonça encore plus fort ses ongles dans la peau d'Alissa. Puis, d'un coup, elle lâcha prise et rejeta sa nuque en arrière.

— Elle est complètement folle, murmura Denoor.

— Elle a deviné que Makhmoud allait tenter de tuer Oumar, répondit Alissa, se massant le poignet.

L'officier lui lança un regard surpris. Elle se rendit compte qu'elle avait prononcé cette phrase en tchétchène. Taïssa eut un soubresaut des paupières. D'une moue lasse, elle refusa l'eau et un cachet tendu par l'infirmière, qui lui prit le pouls.

— Vous pouvez l'interroger, mais allez-y doucement, dit-elle aux policiers sur le ton de la réprimande.

Le lieutenant Janssen hocha la tête.

La sueur perlait sur le front de Taïssa. Dans ses yeux brillait quelque chose d'Oumar et de Kirem, les cendres d'une terreur passée. Sous les draps, Alissa vit ses poings se serrer.

D'une voix presque inaudible, la mère répéta :

— Il faut les séparer…

— Oumar et Makhmoud ne sont pas dans la même cellule, dit Alissa, espérant l'apaiser.

Le corps de Taïssa s'affaissa un peu plus sur le lit. Ses yeux perdirent de leur éclat, et elle reprit l'exploration du plafond. Près de la porte, l'officier Denoor et le lieutenant Janssen discutaient à voix basse.

Taïssa n'avait pas prononcé une seule fois le prénom de Kirem, remarqua Alissa. La mère ne s'était pas inquiétée de savoir Kirem dans la même pièce que Makhmoud. La peur ne lui connaissait qu'un seul fils : Oumar. Le seul qui avait osé s'aventurer au-delà des frontières tacites de la communauté, en s'intégrant au pays et en parlant sa langue.

L'officier Denoor mit une main sur l'épaule d'Alissa.

— On va vous laisser discuter seule avec elle. Faites-lui bien comprendre qu'il vaut mieux qu'elle nous dise tout. Surtout si elle veut que son fils reste en vie.

Alissa frémit. De qui parlait-il ? De Kirem ou d'Oumar ? Mais l'officier avait déjà quitté la chambre et fait signe aux deux agents de le suivre. *Il me fait confiance*, réalisa-t-elle. *Il me fait confiance pour trahir.*

Les yeux toujours rivés vers le plafond, Taïssa resta immobile quelques minutes.

— Ils sont tous partis ? demanda-t-elle finalement.

— Oui.

Elle se redressa pour s'asseoir.

— C'est vrai ce qu'ils disent ? Que Kirem a fait sauter son lycée ?

— C'est vrai, dit Alissa en déglutissant.

Taïssa se tut. Puis, d'une voix où perçait un tremblement contrôlé, elle ajouta :

— Makhmoud, il a toujours causé des problèmes.

Ses traits étaient tendus, comme si elle hésitait à confier une pensée tue et ressassée. Elle ressemblait tant à ses fils en cet instant, songea Alissa.

— Taïssa, vous êtes en sécurité ici. Vous pouvez tout me dire.

Plus tard, à l'heure de se brosser les dents devant le miroir, elle se dirait qu'elle avait oublié la présence du magnétophone. C'était faux, mais elle ne pouvait jouer son rôle si elle n'apprenait pas à se mentir.

— Si vous parlez, nous réussirons à prouver qu'Oumar est innocent, ajouta-t-elle.

Taïssa frissonna. Pendant un long instant, elle garda le silence. Puis, comme si elle avait enfin réuni le courage nécessaire, elle se mit à parler.

Elle avait vu Makhmoud pour la première fois quelques jours après sa naissance : un nourrisson aux tempes bleuâtres, à la peau fripée et violacée, qui gardait les yeux clos résolument, espérant peut-être ainsi retarder un peu plus sa venue au monde. Oumar était né un mois auparavant, et Taïssa n'avait pas pu s'empêcher de penser que son bébé à elle était plus beau, plus faible aussi.

Sa belle-famille s'était réjouie de cet heureux présage. Deux cousins mâles qui naissent à quelques semaines d'écart, c'est l'assurance d'un clan respecté. Et Taïssa surprit la femme de son beau-frère, la si jolie Fatima, reine de beauté de leur village natal, poussant un soupir soulagé. Les femmes des frères Goulekhan et Souleiman avaient rempli leur devoir. Elles avaient donné au monde des héritiers en bonne santé, sans malformation physique, capables de protéger leur famille et remplacer leurs pères partis se battre contre les Russes.

En temps normal, ces naissances presque simultanées auraient suscité des visites de toutes parts. Des paniers regorgeant de dattes et d'abricots secs, des conversations interminables autour d'une tasse de thé brûlante et des promesses sur l'avenir des deux cousins appelés à devenir frères. Mais la guerre avait commencé moins d'un an auparavant et leurs voisins n'osèrent pas braver l'hiver ni les tirs pour leur rendre visite. Même Goulekhan et Souleiman ne quittèrent pas la forêt pour féliciter leurs femmes et embrasser le front de leurs fils.

Deux mois passèrent. Grozny fut bombardée. Taïssa et Fatima descendirent à la cave avec leurs enfants. Makhmoud et Oumar firent leurs premiers pas ensemble, vacillant chaque fois que tombait un obus. Ils prononcèrent leurs premiers mots sous les applaudissements des voisins, qui espéraient tromper leur faim en couvant d'attention les deux bambins.

La cave fut bientôt trop étroite pour Makhmoud. Il martelait les murs de ses petits poings, hurlant des heures durant. Taïssa, bravant tous les risques, sortait jouer avec lui dans la neige jusqu'à ce que l'enfant s'allonge par terre, épuisé. Sa belle-sœur, Fatima, lui reprochait de mettre en danger son fils ; Taïssa répondait que les snipers russes avaient un cœur et des balles à économiser.

Certains soirs, elle découvrait la peau d'Oumar parsemée de morsures et de petites coupures.

— Qui t'a fait ça ?

Oumar montrait du doigt son cousin. Alors elle rêvait d'oublier Makhmoud dehors, de peindre une cible sur lui, de l'abandonner sur une avenue désertée. Elle se mordait les lèvres pour chasser ces idées et grondait Oumar de n'avoir pas su se défendre.

Oumar souriait, comme si sa mère jouait la part qui lui était assignée.

À deux ans, les colères de Makhmoud s'étaient calmées. Il semblait déjà un petit homme. Fatima et les voisins l'entouraient de soins et de louanges. Oumar, rachitique et la peau translucide, n'inspirait que des soupirs apitoyés, un peu de méfiance aussi.

— Il ne finira pas la guerre, murmuraient les grands-mères, et elles lui donnaient un quignon de pain.

Oumar survécut. Quelques mois après l'annonce de la défaite russe, son père Souleiman revint, le cœur exaspéré, dans un appartement aux vitres brisées, dont les portes avaient servi à faire du feu. Il gardait ses habits militaires, paradant avec sa kalachnikov dans les rues de Grozny bien qu'il n'y eût plus de Russes à mitrailler.

Il n'avait jamais vu son fils. Lorsqu'il aperçut Oumar pour la première fois, il eut une grimace déçue. La maigreur du petit, plutôt que de l'indigner, le dégoûta. Il lui avait rapporté des récits d'exploits et des douilles de balles. Il les mit de côté. Aux réunions de famille, Taïssa remarqua que son mari lançait des coups d'œil envieux à son frère. Souleiman aurait voulu troquer son fils contre ce Makhmoud qui faisait le double de son âge et qui se battait contre tout le monde, même les chèvres, mordant au sang ceux qui s'interposaient pour sauver les pauvres bestiaux.

— Voilà un chef, le futur chef de notre clan, disait-il à Taïssa lorsqu'ils rentraient de ces interminables déjeuners en famille.

— Parce qu'il frappe des chèvres ? lançait-elle, sarcastique.

— Parce qu'il sait l'importance de la force, répondait-il.

Autour de Souleiman, la guerre avait tissé d'invisibles fils barbelés. Taïssa butait sur des cris silencieux, des mots interdits et d'autres qui auraient dû être inventés pour ce peuple habitué aux guerres. En l'absence de ce savoir-dire, Souleiman se taisait et brutalisait son fils, agacé par ses pleurs.

De temps à autre, Goulekhan et leurs anciens compagnons d'armes se réunissaient chez lui. Ils s'asseyaient en rond autour de la table du salon et Taïssa, muette et voilée comme l'avait exigé Souleiman, leur servait du thé adouci d'un peu de miel. Emportés par l'enthousiasme, ils parlaient d'Itchkérie[1], de Tchétchénie libre. Puis leurs voix devenaient un bourdonnement de colère et les règlements de comptes, les attentats et les kidnappings pénétraient dans la pièce jusqu'aux oreilles d'Oumar, qui pâlissait, caché derrière le divan.

Un jour, Goulekhan vint dire à Souleiman que

1. Nom de la république indépendante de Tchétchénie (non reconnue) entre 1990 et 2000, puis de son gouvernement en exil.

Chamil les attendait et ils disparurent le soir même pour plusieurs semaines.

Quand il revint, Souleiman avait maigri. Il ressemblait à son fils, avec son regard anémié, ses joues creuses. Sa tête se remplissait de remords indélogeables et d'otages exécutés.

Il prit le temps de rester deux mois et d'ignorer les appels de Chamil.

Le jour, il passait une main dans les cheveux bouclés de son fils et s'obligeait à écouter son babillage. La nuit, il déshabillait Taïssa et glissait avec elle du matelas jusqu'au sol. Il lui demandait si elle se souvenait de cet amoureux qui rêvait d'aller vivre à Moscou. Elle parlait des heures durant d'un étudiant à l'air gauche et timide qui détestait la fureur du monde.

Quand les appels de Chamil devinrent trop pressants, il embrassa Oumar et prit dans ses bras Taïssa. Il écrirait, promit-il.

Les premières nausées commencèrent le lendemain de son départ.

Neuf mois plus tard, lorsqu'elle donna naissance à Kirem, Taïssa fut de nouveau entourée des soins de la jolie Fatima. Celle-ci posa des serviettes fraîches sur le front de sa belle-sœur et massa ses épaules.

— Garde la porte ouverte, quémandait Taïssa, et Fatima s'exécutait.

Elle voulait pouvoir entendre Oumar si Makhmoud le frappait comme il tapait les chèvres. Mais les deux cousins restaient sagement assis devant la télévision. Le journal télévisé ressemblait à un film de guerre : Kirem naquit le 13 septembre 1999, tandis qu'un troisième immeuble russe s'effondrait, soufflé par des bombes que tous disaient tchétchènes.

La guerre reprit, sans dire son nom. Il y avait moins de personnes dans la cave et Oumar retrouva Makhmoud. Ils avaient cinq ans ; l'âge de jouer à la guerre. Oumar jouait au mort.

Kirem fit ses premiers pas dans le sous-sol bondé, comme Makhmoud et Oumar avant lui. Cette fois, la violence des bombardements leur fit oublier la faim. Très vite, Fatima fut secouée de quintes de toux et sa peau se saupoudra de fleurs grises. Les mois passèrent, fanant sans un bruit. Taïssa avait perdu la force de séparer Oumar et Makhmoud quand ils se battaient, l'envie de s'inquiéter pour Souleiman lorsque ses lettres s'espaçaient. Le nom de Chamil était devenu interdit, on disait qu'il attirait les missiles russes comme le miel attire les guêpes.

Un jour, la radio annonça qu'une trêve pour les civils avait été déclarée. Les chars et les avions russes ne viseraient plus Grozny ; ils y avaient éradiqué les combattants. Taïssa et ses fils sortirent de la cave, ombres grises et faméliques. Avec Makhmoud et Fatima, ils s'installèrent dans un seul et même appartement. Dans la chambre conjugale, un obus avait éventré le lit. On brûla les lattes du sommier, les tables de chevet et les cadres pour se réchauffer. Tout sauf les magazines dont les images de bonheur berçaient la douleur de tante Fatima. Dans ses veines bleues battaient un pouls toujours plus faible. Pour ne pas ajouter le deuil à l'agonie, on lui tut la mort de Goulekhan et Souleiman.

La paix était vieille de quelques mois lorsque Taïssa et deux voisins enterrèrent l'ancienne reine de beauté. Près du cercueil de sa mère, Makhmoud semblait avoir rétréci.

— Traite-le comme s'il était ton fils, avait demandé Fatima avant de fermer les yeux.

Mais Makhmoud n'était pas le fils de Taïssa. Il ne le serait jamais. Elle avait essayé de l'aimer et un jour, dans ce chemin d'orties, elle avait trébuché.

C'était un jeudi, l'enfant de Fatima fêtait ses dix ans. Le gâteau avait été renversé à terre. Les enfants se désignaient mutuellement du doigt, mais la main de Taïssa s'était abattue sans une hésitation sur la joue de Makhmoud.

Prise d'une rage dont elle ne se croyait pas capable, elle lui avait assené une deuxième gifle encore plus forte, projetant le gamin contre l'armoire. Les assiettes qui avaient résisté à la guerre et aux bombardements s'étaient fracassées sur le sol.

— Sors d'ici et ne reviens jamais ! avait-elle hurlé.

Elle avait saisi Makhmoud par l'épaule pour le jeter sur le palier, comme s'il s'agissait d'un chien errant entré par effraction.

Elle avait fermé la porte, avant de revenir dans la cuisine. Oumar et Kirem n'avaient pas bougé. Armés d'un balai et d'un sac-poubelle, ils nettoyèrent en silence les débris d'assiettes tandis qu'elle récupérait quelques morceaux du gâteau pour les mettre dans un bol.

De la farine, trente roubles le kilo.

Du beurre, quatre-vingt-quinze roubles le petit paquet de cent grammes.

Trois œufs, offerts par la voisine.

Une plaquette entière de chocolat, pour laquelle il avait fallu emprunter un peu de sous à la belle-mère.

Elle refaisait le compte des efforts et de la sueur que ce gâteau lui avait coûtés, alors qu'il aurait dû être préparé par Fatima – c'était l'anniversaire de son fils, après tout. Dire qu'elle avait même réussi à trouver des bougies colorées. Qu'avait-elle espéré ? Que Makhmoud se mette gentiment à table ? Qu'il dise : « Merci, ma tante, d'avoir puisé dans tes économies pour me préparer un gâteau en temps de disette » ?

Kirem n'avait pas touché à sa part et avait lancé tout du long des regards furieux à Oumar qui mangeait de bon appétit.

Le gâteau avait un goût de poussière.

Quand l'obscurité s'était mise à tomber sur les rues de Grozny, Taïssa s'était assurée que le loquet de la porte était bien relevé. Elle avait scruté la cage d'escalier, espérant apercevoir Makhmoud en train de bouder, assis sur une des marches. Il devait être dehors, à chaparder dans les sacs des vieilles dames. Il reviendrait demain, l'air plus bravache que jamais.

C'est vrai, elle s'était couchée un peu inquiète. Mais le sommeil, la fatigue l'avaient prise comme une bourrasque. Et le lendemain, lorsqu'elle comprit que Makhmoud ne reviendrait pas, elle avait senti le remords la submerger. Elle était allée folle d'inquiétude d'une voisine à l'autre, passant le quartier au peigne fin. Au bout de quelques mois, quelqu'un lui avait dit l'avoir vu dans la forêt, avec des amis qui avaient combattu aux côtés de Goulekhan et Souleiman. On lui avait conseillé à demi-mot de cesser ses recherches.

— Il est entre de bonnes mains, lui avait-on assuré, et le soulagement l'avait envahie.

Parce que Makhmoud était sain et sauf ; et parce que cela signifiait qu'il ne reviendrait pas vivre avec elle.

Pourtant, il était revenu. De longues années plus tard, quelques jours à peine après le départ d'Oumar aux Pays-Bas. Elle avait été frappée par cette coïncidence : c'était comme si Makhmoud avait longtemps attendu, tapi quelque part, que Kirem soit enfin seul, sans son frère. Cette fois, Taïssa n'eut pas le courage de le chasser. Elle se sentait encore coupable d'avoir jeté à la rue l'enfant de sa belle-sœur. Petit à petit, elle s'habitua à nouveau à sa présence. Quelqu'un veillait sur Kirem lorsqu'elle partait vendre au marché quelques babioles piochées ici et là dans les ruines de Grozny. Puis, un jour, Makhmoud rapporta près de dix mille roubles. Son nouveau salaire, avait-il expliqué, refusant pour autant de révéler où il travaillait. Taïssa s'était dit qu'il avait trouvé un petit boulot auprès des Russes ; elle n'avait pas posé de questions. Chaque début du mois, l'argent était déposé par Makhmoud sur la table de la cuisine : de quoi nourrir leur petite famille, et même d'économiser pour rejoindre Oumar à La Haye, un jour.

— C'est grâce à Makhmoud que nous avons pu venir ici. Il travaillait si dur pour que nous puissions payer le passeur. Ce n'était plus l'enfant irascible que j'avais connu. Il était devenu poli, respectueux. Il avait changé. Toute cette colère qu'il avait en lui, il semblait l'avoir laissée dans la forêt, avec les combattants. Il disait qu'Allah lui avait donné la paix. C'est ce que j'ai cru jusqu'au jour…

La voix de Taïssa vrilla.

— Il y avait tout simplement des choses que Makhmoud ne pouvait pas supporter. Et Oumar a joué avec le feu.

— Quelles choses ? Qu'a-t-il fait ? demanda Alissa.

— Ne me pose pas ces questions, ma fille. Tu es tchétchène. Tu sais de quoi je parle.

Alissa la regarda, un air interdit. De quoi pouvait bien parler Taïssa ? La vieille femme ferma les yeux : ses paupières étaient gonflées et rougies de fatigue. À tâtons, elle chercha la main d'Alissa et la pressa doucement, comme si elle lui demandait pardon. Pardon de ne pas en dire plus. À ce point du récit, sa langue natale ne la protégeait plus. Ni des policiers ni de la peur de dire un mot de trop. Makhmoud et Oumar dormaient dans des cellules si semblables à la cave de leur enfance.

Kirem disait souvent à son frère :

— Oumar, tu ne peux pas comprendre Makhmoud. Tu n'as pas vécu la même chose que nous. Tu n'as pas connu l'injustice de l'*occupation russe*, la brutalité des milices du nouveau président tchétchène. Tu n'as pas vu nos mosquées pilonnées, tu ne vois pas les bombes qui continuent à tomber sur nos frères syriens, tu n'entends pas leurs hurlements. Non, tu ne sais rien. Alors tais-toi et écoute Makhmoud.

Lorsque les trois garçons se forçaient à dîner ensemble, à ressembler à une famille pour faire plaisir à Taïssa, le silence pesait sur l'estomac d'Oumar. Il observait son cousin, aussi massif que lui était chétif, à croire qu'un sang plus épais coulait dans ses veines. Makhmoud avait construit son corps en rempart et Oumar se demandait parfois si un geste de tendresse ne suffirait pas à provoquer l'écroulement de la forteresse.

Mais il avait toujours été terrifié par l'incapacité de son cousin à pardonner.

Depuis leur arrivée à La Haye, il avait vu Kirem et Makhmoud se rapprocher. Parfois, ils allaient simplement prier. La porte claquait et l'appartement devenait subitement silencieux. D'autres fois, ils disparaissaient plusieurs jours d'affilée. Oumar regardait l'horloge et comptait : *Dix-neuf heures qu'ils sont partis. Deux jours et quatre heures qu'ils ne sont pas revenus.* L'angoisse s'infiltrait en lui, comme une vague qui monte en un infini ressac.

Il m'a pris mon frère.

Pour éviter les questions, il s'acharnait à dissimuler l'absence de Kirem auprès de sa mère, des professeurs.

Parfois, lorsque l'absence de Makhmoud et Kirem se prolongeait, Oumar en profitait pour laisser Adam vivre. Il s'enfermait dans la salle de bains, posait un masque, prenait soin de lui. Mais la peur ne le quittait jamais. Il savait qu'il jouait gros et qu'il finirait par tout perdre.

Il y a six mois, Makhmoud et Kirem avaient disparu pendant plus d'une semaine. Au bout de quelques jours, Oumar avait baissé sa garde. Il était sorti danser et, au lieu de se changer dans les toilettes du club, il était rentré habillé tel quel, avec sa chemise près du corps, son pantalon moulant, ses souliers à la Gainsbourg. Des paillettes lancées au hasard de la foule avaient atterri sur ses cheveux, il en avait aussi au coin des yeux, sur les paupières et les pommettes, et il émanait de lui l'odeur doucereuse du sexe consommé à la va-vite, du plaisir assouvi contre un mur. Il se sentait beau, ivre, heureux. Il avait ouvert la porte sans faire de bruit et s'était glissé dans l'appartement endormi.

Une main l'avait attrapé par le col.

— Sale chien, avait rugi Makhmoud, et il s'était mis à le frapper avec acharnement, presque méthodiquement.

À chaque coup, son cousin crachait un détail de la soirée dans le club : il avait suivi Oumar, il l'avait vu, plaqué contre une porte cochère, enlacer un homme et lui picorer la nuque de baisers.

Au-delà du *kkheram* qui l'envahissait, Oumar avait senti un étrange calme le saisir. Il devait mourir. C'était la règle. Il avait perdu. Il s'était laissé tomber à terre, et il essayait en vain d'étouffer ses exclamations de douleur pour ne pas réveiller Taïssa et, surtout, faire preuve de dignité, montrer à son cousin qu'il était lui aussi, après tout, un homme tchétchène. Il vit Kirem tenter d'intervenir, essayer de dévier les coups de Makhmoud. Mais leur cousin était blême de rage et ne distinguait plus les deux frères l'un de l'autre. Soudain, il saisit un couteau. La lame fila contre la tempe gauche de Kirem. Il le poussa violemment, et s'apprêtait à saisir Oumar à la gorge quand un long hurlement déchira la pénombre de la cuisine.

Livide et dépeignée, Taïssa les regardait, immobile. Elle fit un pas vers Kirem et, à la vue du sang, elle s'évanouit.

Oumar avait cru pouvoir maintenir Adam en vie, et il l'avait fait aux dépens de Kirem. Chaque jour, la cicatrice de son frère lui rappelait qu'il aurait dû mourir cette nuit-là, comme le voulaient les règles ancestrales sur lesquelles il avait craché et dansé. Depuis, Makhmoud rôdait autour de lui, prêt à saisir la moindre occasion pour finir ce que l'*honneur* exigeait de lui. Conscient du danger, Kirem avait été vigilant à ne jamais laisser son cousin seul avec Oumar. Car non, Makhmoud ne savait pas pardonner.

des adjectifs sur ma famille à décliner, mais je vais rien te décliner, moi

j'ai que des hommes dans ma famille, ma mère elle compte pas elle sait à peine dire son prénom. Tu sais ce que c'est de dire adieu à ta mère alors qu'elle est encore vivante ?

Mère : allongée éveillée verre d'eau vide folle obsession répétition baccalauréat ennui

Père : mort ombre effacé inconnu

Les Russes ils font pas la différence entre frère et cousin, ils disent *brat* et c'est aux autres de deviner. Chez nous, on fait la différence. *Vacha* et *chitcha*. Comment peut-on confondre Makhmoud et Oumar ?

Makhmoud : puissant protecteur force pieux vérité terreur obéir croire accepter

Oumar : sale impur honte répugnant indigne faible menteur menteur menteur menteur menteur menteur

À son retour de l'hôpital, Alissa avait été ramenée chez elle par l'officier Denoor. Il avait été plus courtois que la fois précédente, lui proposant de s'asseoir à l'avant avec lui, ouvrant et refermant la portière comme s'il l'emmenait au cinéma.

Elle comprit qu'elle avait fait ses preuves. Taïssa avait parlé, et la police lui en était reconnaissante. Pendant tout le trajet, elle évita le regard de l'officier. Dans sa bouche persistait un goût rance. Elle se répéta que les policiers néerlandais n'avaient rien à voir avec les soldats russes. Que les Pays-Bas étaient son pays. Sa loyauté leur revenait.

Denoor s'arrêta à quelques mètres de la porte de son immeuble et Alissa sortit sans le saluer, le cœur au bord des lèvres.

Elle monta les cinq étages, faillit en grimper un sixième : elle n'avait pas reconnu sa porte.

Frikkie miaulait, éperdu de faim. Elle lui versa des croquettes, puis alla s'allonger sur le canapé.

Elle s'enroula sur elle-même, blottissant son visage entre ses bras.

Avec horreur, elle se rappela l'expression de Maud quand les policiers étaient entrés dans l'église. Maud avait certainement téléphoné à Hendrik pour tout lui raconter. Que lui avait-elle dit ? Qu'Alissa était une terroriste, qu'elle passerait la nuit en prison ?

Des larmes d'humiliation lui montèrent aux yeux. Elle avait fait de son mieux pour avoir une vie normale.

Un quart d'heure plus tard, elle épluchait des courgettes dans une grande marmite. Hendrik venait d'appeler pour dire qu'il avait eu une rude journée, qu'il aimerait dîner chez elle, être choyé. Au ton de sa voix, elle avait compris que Maud n'avait rien dit et elle avait proposé à Hendrik de lui préparer son gratin préféré.

Tout n'était pas perdu, se disait Alissa, soulagée, en battant les œufs. Elle regarda l'heure distraitement : dix-huit heures. Dans ce pays, ils aimaient manger tôt, pour ensuite s'affaler devant la télévision. Au contact de Hendrik, elle s'y était habituée et, ce soir, elle s'en réjouissait d'avance.

Hendrik avait caressé distraitement le chat, puis s'était mis à table. Il avait apporté une bonne bouteille de blanc, dont il se servit un grand verre.

— Tu en veux ?

— Je vais rester à l'eau.

Si elle buvait, ses nerfs allaient lâcher, elle allait tout raconter, les policiers, Taïssa, les rédactions de Kirem qui attendaient d'être traduites.

— Quelle journée, quelle journée ! soupira-t-il, et il sembla encore plus épuisé qu'elle.

C'était d'abord son patron qui lui avait demandé de venir travailler un dimanche, sur ce projet de sèche-cheveux sans fil : il y avait une erreur dans ses projections financières. Sven, son collègue d'origine suédoise avec qui il rivalisait pour la prochaine promotion, était déjà là, en train de pianoter sur son ordinateur d'un air satisfait. Pour ne rien arranger, la femme de ménage avait passé l'aspirateur des heures durant, sans s'inquiéter du bruit, ne s'arrêtant que pour renifler et pleurnicher sur son dos qui lui faisait mal.

À midi, il avait cherché un endroit où déjeuner rapidement, mais, bien entendu, c'était dimanche et même les échoppes où il savait trouver des fricadelles frites dix fois dans la même huile étaient fermées en raison de ces jours de deuil qui n'en finissaient pas. Il était donc revenu au travail le ventre vide, tandis que Sven croquait à pleines dents dans un sandwich préparé par sa femme. Puis Maud n'avait cessé de l'appeler : elle voulait certainement lui raconter l'enterrement ou l'un de ses derniers cauchemars sur l'attentat. Il avait ignoré ses appels, naturellement, il n'avait pas que ça à faire, entendre sa cousine jacasser, son dimanche était déjà suffisamment pénible. À dix-sept heures, enfin, il s'était résolu à quitter le travail malgré le tableau Excel à moitié fini. Avec son accent suédois si détestable, Sven lui avait lancé un « bonne soirée » franchement agressif, et il avait manqué de se retourner pour lui dire une fois pour toutes ce qu'il pensait…

Alissa n'écoutait plus. Elle observait ces joues pleines qui mastiquaient et parlaient, ces yeux au gris brumeux qui la regardaient sans la voir. Elle l'aimait, se dit-elle. Elle l'aimait comme on aime un feu de cheminée après une balade hivernale.

Après le repas, Hendrik fit mine de débarrasser et posa deux verres vides près de l'évier. Il eut vite l'air éreinté et s'assit sur le canapé.

— C'est quoi, ça ? demanda-t-il en montrant la pochette rouge contenant les copies de Kirem.

Alissa les lui prit des mains.

— Les devoirs de mes élèves. Je dois les corriger pour mercredi.

Tandis qu'elle les rangeait dans un tiroir, il bâilla, allongeant le bras vers la télécommande.

— À mon avis, les cours ne reprendront pas cette semaine. Tu seras encore en congé, veinarde.

Il alluma la télévision, zappant de chaîne en chaîne. Alissa retourna dans la cuisine laver la vaisselle. Quand elle revint, elle vit à l'écran des tanks russes traverser le village de son enfance.

— C'est un documentaire sur la Tchétchénie, expliqua-t-il. Pour mieux comprendre qui nous attaque. Je ne savais pas qu'il y avait des musulmans en Russie.

Il tapota la place sur le canapé près de lui, et elle s'assit, pétrifiée. Elle s'était toujours tenue aussi loin que possible des images de « sa guerre ». Elle avait vu sa mère scruter pendant une décennie le téléviseur, dans l'espoir de reconnaître son mari sur les cadavres filmés par la télévision russe. Mais le père d'Alissa s'obstinait à rester hors champ.

À voix haute, Hendrik commentait le documentaire.

— Quelle bande de monstres ! dit-il quand il apprit la prise d'otages de l'école de Beslan, revendiquée par Chamil Bassaïev.

Il vit Vladimir Vladimirovitch promettre de poursuivre les terroristes « jusque dans les chiottes » et il applaudit : ça, c'est du cran.

— On peut dire ce qu'on veut, mais la Russie, quand elle y va, elle y va, salua-t-il à l'annonce du nombre de soldats, bombardiers, chars déployés dans la petite région montagnarde pendant la seconde guerre.

Les images de Grozny dévastée apparurent et Hendrik demeura silencieux. La voix off énuméra le bilan de l'« opération contre-terroriste » russe. Dans ces chiffres toujours contestés et qui jouaient au grand écart, Alissa pensa qu'il y avait suffisamment de place pour son père et ses lettres d'amour inachevées. Pour sa mère épuisée par la guerre et les années à se battre en vain contre une tumeur à l'estomac. Pour les soldats russes retenus captifs et les enfants des caves pilonnées.

— Je suis fatiguée, dit-elle à Hendrik.

Elle l'embrassa, puis alla dans sa chambre. Cette nuit-là, elle dormit d'un sommeil peuplé de cauchemars venus d'un autre pays.

Alex se réveilla avec l'impression tenace de manquer d'air. Il prépara une petite note à l'intention de Lukas et Tom : *Ne m'attendez pas pour dîner ce soir.* Puis il envoya un message à ses parents : *Je serai injoignable les prochains jours, pas la peine de s'inquiéter.*

Sur Internet, il tapa : *que doit-on emporter en prison*, sentant toute l'absurdité de sa requête. On lui recommandait d'apporter une lime, des oranges, un flingue et son sang-froid. Il n'avait rien de tout cela. Il prit du dentifrice, des sous-vêtements et la trilogie du *Seigneur des anneaux* qu'il n'avait jamais eu le temps de lire. Il mit le tout dans un petit sac en toile comme s'il partait faire le marché et il quitta l'appartement sans bruit, prenant garde à ne pas réveiller ses colocataires.

Dans la rue, il contempla longuement les façades lisses de La Haye, ses éruptions de tags, ses portes soignées et les poubelles prêtes à déborder. Il avait envie d'aller à la mer, sentir la brise du nord, lutter contre le sable qui s'infiltre dans les yeux, les narines, plonger dans l'eau salée, froide même en été, se sentir vivant.

Il fit un détour pour voir le café une dernière fois. La devanture annonçait toujours *Fermé jusqu'à nouvel ordre*. On avait rentré les parasols et les tables. Les vitraux de la porte avaient été remplacés par de simples carreaux transparents, incassables, sans âme.

Le sac en toile pesa subitement plus lourd sur son épaule.

Il passa devant le Palais Noordeinde. Une semaine s'était écoulée depuis l'attentat. Les fleurs fanées avaient été remplacées par d'autres tiges et pétales, la cire fondue accueillait de nouvelles bougies. Les vingt-quatre victimes regardaient du haut des grilles les passants apporter une peluche, un dessin. Le deuil semblait ne plus jamais vouloir finir. Tous l'avaient accepté, intégré dans leurs vies.

Après deux cigarettes, Alex s'obligea à reprendre sa route. Il entra dans le commissariat, les mains tremblantes à cause de la nicotine. Les yeux rivés au sol, il ne vit pas le panneau *Peinture fraîche*, placé au milieu de la salle d'accueil, et s'appuya contre le mur. Son dos et ses paumes se couvrirent d'une texture grise, visqueuse et collante.

— Parfait, on a déjà pris vos empreintes, s'exclama en riant le policier préposé à l'accueil. Qu'est-ce qui vous amène, jeune homme ?

Le policier perdit vite sa jovialité et lui demanda de le suivre jusqu'au bout du couloir. Ils tournèrent à gauche, puis à droite, jusqu'à atteindre une petite salle sans fenêtre.

— Je vais vous chercher un verre d'eau, dit-il avant de disparaître.

Les minutes passaient lentement. L'odeur de la peinture fraîche, dans cette salle confinée, était insupportable. Une migraine grimpait le long des tempes d'Alex, par vagues successives. Il se repassa le film de la conversation avec le policier. Il aurait mieux fait de se taire à jamais, de rester chez lui ce matin.

Le policier ne revint pas avec le verre d'eau ; à sa place, un homme, mal rasé et l'air épuisé, s'assit en face d'Alex.

— Lieutenant Janssen, se présenta-t-il sans lui serrer la main. Il paraît que tu as des choses à me raconter ?

Alex se racla la gorge.

— Je crois que le… le terroriste m'utilise comme alibi. J'étais avec lui quand vous l'avez arrêté au café, lundi.

Le lieutenant Janssen pencha la tête vers la gauche, signalant qu'il avait toute son attention.

— Il m'a demandé de commander un café près de trente minutes avant son arrivée. J'ai réglé l'addition aussitôt, vers midi six. Mais lui n'était là qu'à midi quarante.

Le front du lieutenant se rida subitement.

— Tu veux dire qu'il n'était pas avec toi à midi, lorsque les bombes ont explosé à la cantine ?

— Non. Il n'était pas là à midi.

L'homme se redressa d'un coup. Un éclair de colère passa dans ses yeux.

— Et tu ne crois pas que tu aurais pu venir nous voir plus tôt ?

Il semblait prêt à le frapper. Alex baissa les yeux, tentant en vain de maîtriser les tremblements de sa bouche.

— Je sais. Mais il m'avait dit qu'il s'appelait Adam, qu'il était jordanien… et je ne savais pas qu'un terroriste pouvait être homosexuel.

Le lieutenant, qui s'était mis à marcher vers la porte, s'arrêta net.

— Comment ça, homosexuel ?

Le lieutenant Janssen se tut pendant tout le récit. Puis il prit son téléphone et demanda à deux collègues de venir retranscrire le témoignage d'Alex.

— Pas besoin d'un avocat, lui dit-il, tu n'as rien fait de mal.

Puis il sortit de la pièce et Alex le vit se mettre à courir dans le couloir.

Aux deux policiers Alex dut raconter une fois de plus son baiser du dimanche soir. La vodka. Le rendez-vous fixé au lendemain, à l'heure et au lieu choisis par Adam. À y réfléchir, oui, il était arrivé livide, en sueur ; Alex avait mis cela sur le compte d'une course effrénée pour rattraper son retard. Il évoqua aussi l'étrange réaction d'Adam lorsqu'ils avaient appris qu'un attentat avait eu lieu. Il s'était éloigné pour appeler son frère, puis il s'était assis et avait serré sous la table la main d'Alex. Adam avait les mains froides, se souvenait-il.

Un policier l'interrompit :

— Arrête de l'appeler Adam. Son vrai nom est Oumar Akhmaïev.

Alex tenta de cacher son trouble. À la télévision, les journalistes l'appelaient Kirem Akhmaïev. Le policier, devinant ses pensées, lui expliqua qu'Oumar avait un frère, Kirem, plus jeune de deux ans.

Il sortit d'un dossier une photo.

— Lui, c'est Oumar.

C'était une photo différente de celle qui tournait en boucle sur les chaînes de télévision. Sur celle-ci, Adam apparaissait la lèvre inférieure fendillée, les cheveux hirsutes, il semblait perdu et apeuré. Il portait un tee-shirt violet pâle, qu'Alex se rappelait l'avoir vu porter lundi.

À côté, le policier plaça une autre photo, d'un garçon qui ressemblait à Adam.

— Et lui, c'est Kirem.

Une photo de classe, au fond bleu pâle, avec un garçon si similaire à Adam qu'Alex dut se concentrer pour ne pas penser qu'il s'agissait d'une photo de la même personne à une époque différente. Kirem avait l'air un peu plus jeune et le blanc de sa cicatrice, sur la tempe gauche, soulignait le grain mat de sa peau. Surtout, Alex fut frappé par la haine que dégageait le garçon. Adam n'aurait jamais pu avoir ce regard.

— Les deux frères se ressemblent comme deux gouttes d'eau, donc c'est normal que tu les confondes. Peux-tu me dire avec certitude lequel des deux était avec toi lundi ?

Alex désigna sans hésitation la première photo.

— Oumar, dit le policier, en détachant les deux syllabes tout en sondant Alex du regard.

Il opina. Il aurait voulu dire que le garçon qu'il avait embrassé lundi n'était ni Oumar ni Kirem, que c'était Adam, mais Adam n'existait plus. Il se tut.

— Oumar n'est pas notre principal suspect, lui expliqua le policier. C'est son frère, Kirem, qui a posé les bombes dans la cantine.

Avec une facilité déconcertante, les enquêteurs avaient réussi à remonter le fil des longs mois de préparation de l'attentat. La trace de Kirem et de son cousin, Makhmoud, apparaissait sans cesse, comme s'ils n'avaient jamais tenté de se cacher. Oumar, lui, en était étrangement absent. Les policiers l'avaient arrêté par précaution, notamment parce qu'ils espéraient obtenir des informations sur l'endroit où aurait pu se réfugier Kirem après l'attentat. Ils soupçonnaient le Tchétchène d'avoir aidé son frère, mais pas d'avoir participé à l'attentat puisque le ticket de caisse du café certifiait qu'à midi six Oumar commandait un café…

— C'est pour cela qu'il est très important que tu sois sûr de ce que tu nous dis. Car s'il n'était pas avec toi, cela signifie qu'il est très certainement aussi coupable que son frère.

— Je l'ai déjà raconté au lieutenant Janssen. J'ai commandé ce café en avance, parce que Adam… pardon, Oumar me l'avait demandé. Je ne sais pas où il était à midi six, mais il n'était pas avec moi. Quand il est arrivé, il avait bien quarante minutes de retard.

Les policiers se concertèrent du regard. L'un d'eux lui tendit deux feuilles, où toute leur conversation avait été retranscrite.

— Relis calmement et signe en bas de la dernière page.

Il signa et les policiers déclarèrent qu'il était temps de faire une pause. Ils lui servirent un verre d'eau puis disparurent dans le couloir. Alex but son verre d'eau à petites gorgées, même s'il n'avait plus soif.

Une demi-heure plus tard, le lieutenant Janssen revint s'asseoir devant lui. Pour la première fois, Alex remarqua la veine tressautant sous sa paupière gauche, la crispation de ses mâchoires, son regard émoussé par plusieurs nuits d'insomnie. Il posa sur la table ses deux coudes à plat, de manière à pencher son corps au plus près d'Alex.

— Es-tu bien certain qu'Oumar est homosexuel ?

Le prénom d'Oumar écorchait les oreilles d'Alex : il avait l'impression de parler d'un inconnu. Il opina, tâchant de soutenir le regard inquisiteur du lieutenant.

— Lorsque vous vous êtes embrassés dimanche, comment se comportait Oumar ? Est-ce qu'il avait l'air inquiet d'être vu ?

Alex fouilla dans ses souvenirs.

— Peut-être. Il regardait souvent autour de nous. Mais je n'ai pas trouvé ça bizarre : beaucoup de mecs ne disent pas à leur famille qu'ils sont gays. Ils n'ont pas forcément envie de croiser leurs parents. Même si…

Alex se tut. Il y avait bien cette phrase d'Oumar qui lui avait semblé singulière.

— Même si ? répéta le lieutenant pour l'encourager.

Alex prit une grande inspiration.

— Même si, quand on a parlé de se retrouver le lendemain, il a insisté pour choisir le café. Et il a dit : ce sera un endroit « où nous serons en sécurité ».

— En sécurité ? Il a utilisé ces mots ?

— Oui. C'est vrai que j'ai eu l'impression pendant quelques secondes qu'il ne craignait pas seulement d'être vu par sa famille.

— Mais qu'une véritable menace pesait sur lui, compléta le lieutenant, l'air pensif, et Alex eut l'impression qu'il avait oublié sa présence.

Ils restèrent un instant en silence. Alex tentait de contrôler sa respiration. Sur le visage du policier, une ombre passa ; et ses paupières soudain s'alourdirent.

— Ça change tout, murmura-t-il. Ça change tout.

Et il fit signe à Alex qu'il pouvait quitter la pièce.

Lorsque Alex sortit du commissariat, le ciel se teintait déjà d'encre. Il s'aperçut avec stupeur que son sac en toile était toujours accroché à son épaule, avec le dentifrice, la trilogie du *Seigneur des anneaux*, ses sous-vêtements. Il l'avait gardé près de lui comme un bouclier pendant l'interrogatoire : il se surprit à le serrer encore contre son torse. Pendant une heure, il marcha à l'aveugle. Les gens filaient à vélo, pressés de rentrer chez eux. Petit à petit, ses pas le ramenèrent à son appartement. Il se sentait vidé de toute énergie. Seul un instinct quasi animal lui intimait de revenir chez lui.

— À table, cria Tom quand Alex passa le pas de la porte.

Malgré six mois déjà aux Pays-Bas, son colocataire continuait de prononcer : *komeïn aïten* au lieu de *komen eten*. Alex s'assit sur une chaise de la cuisine.

— Je n'ai pas faim, dit-il.

Lukas s'approcha de lui, observant son visage amorphe.

— Chagrin d'amour, diagnostiqua-t-il tout haut.

Il lui servit quand même une platée de pâtes. Alex repoussa son assiette.

— Bon, soupira Lukas. Tu vas nous dire ce qui se passe ? Ça fait une semaine que tu n'es pas dans ton état normal.

Ses deux colocataires le regardaient d'un air préoccupé. Il aurait voulu leur raconter sa journée au commissariat, leur parler d'Adam, qui s'appelait désormais Oumar. Peut-être qu'il pourrait alléger par ces paroles son insomnie à venir. Mais il ne parvenait pas à s'y résoudre. Il était l'alibi d'un homme qu'il connaissait à peine. Un gars désormais soupçonné à cause de lui d'être le complice du pire acte terroriste connu par les Pays-Bas. La portée de sa responsabilité lui donnait le vertige.

— C'est rien. Juste un mec qui me prend la tête.

— Celui qui t'a posé un lapin la semaine dernière ?

— Oui.

— Eh bien ! siffla Lukas. Je t'ai jamais vu dans un état pareil pour un mec. Ça doit être de l'amour !

— Non, répliqua aussitôt Alex. Non, ça n'a rien à voir avec de l'amour.

Tom cessa de mâcher pour observer Lukas puis Alex avec un sourire entendu.

— Ah si, si, tu es amoureux, lança-t-il avec son accent américain. *And you're so cute when you're in love !*

Alex aurait pu enfoncer son poing dans le visage de Tom, renverser la table et lui faire manger ses infâmes pâtes aux lardons. Au prix d'un effort presque insurmontable, il parvint à se maîtriser et à retrouver son calme.

— Vous faites chier, les mecs ! lâcha-t-il.

Et il se leva pour quitter la cuisine, s'obligeant à ignorer leurs rires moqueurs. Il s'affala sur le canapé du salon et alluma la télévision, zappa de chaîne en chaîne. Il fallait qu'il s'abrutisse. Ne plus penser aux policiers et à leurs questions, au commissariat et à son odeur de peinture fraîche. Regarder des clips, suivre une série, découvrir une nouvelle espèce animale, s'émerveiller d'un record sportif.

Tout sauf songer à Adam.

Mais les danseurs, les acteurs, les athlètes et même les présentateurs de télévision avaient pris le regard d'Adam-Oumar. Et sur les chaînes d'actualité, les bougies des veillées près du lycée formaient son visage. Après quelques minutes, il trouva un lion qui chassait une gazelle dans un documentaire animalier. L'imperturbable tranquillité de la voix off le rasséréna.

Adam. Ses hanches étroites, ses mains noueuses, ses lèvres légèrement entrouvertes, comme s'il était sur le point de sourire. Alex aurait voulu le voir une dernière fois. Lui demander les raisons de son retard lundi. Peut-être n'était-il pas à la cantine, ainsi que l'avaient présumé d'emblée les policiers. Adam avait dit à Alex qu'il avait un examen le matin. Il avait peut-être bavardé avec ses amis pour savoir si oui ou non, il avait donné la bonne réponse à la question B, traîné un peu aux toilettes pour se faire beau, paniqué devant le tramway qui n'arrivait pas, pris un vélo en libre-service pour pédaler au plus vite jusqu'au café. Quarante minutes de retard ne suffisaient pas à prouver qu'Adam-Oumar était un terroriste. Alex savait qu'il avait eu raison de s'adresser à la police, mais il espérait que cela lui ôterait un poids de la poitrine ; or c'était le contraire qui s'était produit. Il peinait à se concentrer. Il ne cessait de penser à la réaction du lieutenant Janssen lorsqu'il avait appris l'homosexualité d'Adam. Et ses drôles de questions, comme s'il flairait quelque chose qu'Alex lui aussi devinait, sans parvenir à se l'exprimer. Alex avait l'impression d'avoir, en un après-midi, bouleversé l'axe pris jusque-là par l'enquête et le profil d'Adam élaboré par les policiers. Sans pour autant réussir à partager avec eux le peu dont il était sûr : la douceur de ses mains, les frissons sur sa peau, son sourire désarmant.

À l'écran, le lion avait trouvé une carcasse de gnou abandonnée et il plongeait sa gueule dans les côtes de l'animal pour arracher des morceaux de viande sanguinolents.

— C'est quoi, cette chaîne pourrie, tu veux nous faire vomir ou quoi ? râla Tom. Passe la télécommande.

Adam. Il l'avait vu la veille de l'attentat. Il aurait pu l'emmener chez lui, l'éreinter de sexe, l'épuiser d'amour. Le matin, ils auraient pris un petit déjeuner ensemble, Tom aurait préparé ses fameux pancakes du lundi matin. Adam serait resté quelques heures encore à paresser dans son lit, entre caresses et assauts. L'attentat n'aurait jamais eu lieu.

— Tom, c'est l'heure des infos, mets la 6 !

Lukas haussa le volume de la télévision. Les images du lycée, tant de fois vues, défilèrent de nouveau : le réfectoire, les tables renversées, les chaises en métal fondues, les hommes en combinaison blanche. Mais cette fois, la présentatrice avait un air à la fois grave et gourmand. *De nouveaux éléments dans l'enquête sur l'attentat*, annonça-t-elle, et Alex reconnut dans ses yeux l'excitation de ceux qui s'apprêtent à révéler un secret. L'envie lui prit de se boucher les oreilles, de ne pas écouter ce qu'il savait déjà et qu'il aurait voulu taire à jamais. *Un véritable coup de théâtre*, reprit la présentatrice, et Alex enfouit sa tête dans ses bras.

— Putain, le terroriste est gay !

Tom et Lukas se tournèrent d'un même mouvement vers lui. À l'écran, les photos d'Oumar et Kirem apparurent. Cette fois, les différences entre les deux frères lui sautèrent aux yeux. Mais lorsqu'il tenta de distinguer Adam, l'homme qu'il avait désiré et furtivement aimé un soir, l'image se brouilla.

Oumar tâte les murs, le sol, le matelas, la porte, touche le robinet, le lavabo, la cuvette, appuie sur la chasse d'eau, attend, recommence.

Il pose ses mains contre son visage, répète : « Adam, je suis Adam », agrippe une mèche de cheveux, la tire, sent la peau tirailler, lâche, recommence.

Il fait des pompes, lui qui n'en a jamais fait, cherche son souffle, ne le trouve pas, s'arrête, recommence.

Il compte en néerlandais, puis en tchétchène, conjugue *être avoir vivre mourir*, sent les larmes affluer, les refoule, recommence.

Il écoute les pas des gardiens, devine leurs pointures, leurs sourires, les muscles contractés sous les uniformes, secoue la tête, recommence.

Il songe à Kirem, Makhmoud, Taïssa, Adam, il prend sa pensée, la serre dans son poing, l'écrase sous son pied, avale la boule de feu, régurgite, recommence.

Les murs de la cellule restent insensibles à ses coups. La porte transforme ses cris en murmures et le gardien a l'habitude. Il voit des ombres autour de lui. La lumière se fendille. Le sol se soulève. Il sent son temps compté.

Il va devoir se résoudre au pire.

Elle s'était habituée à voir le visage de Kirem à la télévision ; quand apparut celui d'Oumar, elle manqua de renverser sa tasse de thé. Le regard nimbé d'effroi, les traits défaits : il était méconnaissable, et pourtant c'était bien Oumar et non son frère.

Les photos des deux Tchétchènes étaient placées côte à côte, comme si les journalistes invitaient les téléspectateurs à jouer au jeu des sept erreurs. Le portrait de Kirem avait été pris avant l'attentat, dans un Photomaton ; celui d'Oumar, juste après son arrestation. C'était comme un avant/après impitoyable, où le visage contusionné d'Oumar l'obligeait à endosser le rôle du terroriste. Mais seul le regard de Kirem étincelait de haine ; celui d'Oumar semblait perdu, effrayé.

Elle augmenta le volume. La présentatrice se mit alors à dire des choses qu'Alissa ne pouvait entendre. Des mots qui n'existaient pas dans sa langue. Un « coup de théâtre » dans l'enquête. Alissa appuya d'un geste sec sur la télécommande.

Que racontaient-ils ? Oumar ne pouvait pas être homosexuel. Elle sentit monter en elle une vague de panique. Même si c'était vrai, qu'avaient-ils fait, ces Néerlandais ? Cela ne se disait pas. Pas ainsi, au grand jour, annoncé en plein journal à la télévision nationale. Il lui semblait entendre les frères, les pères, les cousins, les oncles fourbir leurs armes pour laver l'honneur de la famille Akhmaïev. Comment avaient-ils osé, avec leurs idéaux de liberté et de tolérance ? Leurs paroles résonneraient jusqu'en Tchétchénie et il n'y aurait plus jamais de répit pour Oumar.

Il venait d'être condamné à mort, déclaré coupable du pire par les deux camps. Terroriste et homosexuel.

Elle mit la main devant sa bouche. Elle se targuait d'avoir fait table rase des conventions de son peuple : elle avait un petit ami non musulman, elle se voilait rarement, elle avait abandonné sa mère et son pays. Mais elle n'avait jamais remis en question la distribution des rôles, notamment celui du « mâle tchétchène ». Et elle ne pouvait s'empêcher de percevoir la transgression commise par Oumar comme une défaillance, une corruption. La contamination du « mal » occidental sur un enfant « sain » de son peuple.

Elle se leva et courut jusqu'à la fenêtre pour ouvrir les deux battants.

Son élève préféré, son « chouchou », le seul avec qui elle s'était suffisamment sentie à l'aise pour proposer un café en dehors des cours, papoter comme s'ils étaient amis, prendre son numéro de téléphone. Elle l'avait vu pour la dernière fois un an avant : comment, en douze mois, pouvait-il être devenu un terroriste ? S'être avili à la haine et à aimer les…

Elle se haïssait de penser ainsi, moins parce qu'elle percevait l'horreur de son intolérance que les limites de son intégration. Elle se détestait d'être aussi consciente du « crime » commis par Oumar envers sa famille.

Elle se mit à prier, présentant ses paumes au ciel. Faites que mon élève préféré ne sorte jamais de prison. Faites qu'Oumar reste là où embrasser des hommes est moins grave que de poser des bombes.

Il n'y a pas d'horloge, le temps a été aboli. Seuls comptent l'ennui et sa propre sueur. Il refuse de changer de tee-shirt. Il veut garder sur lui ce violet clair, avec une pointe de rose, qui rehausse le noir de ses yeux, comme si Alex pouvait encore lui dire : « Ça te va bien, cette couleur. »

Il a manqué de prudence lundi. Il a choisi ce café pour ses grands parasols qui abritent de la brise et des regards, pour la discrétion de la serveuse et les sourires complices du patron. Les Tchétchènes s'aventurent rarement dans ce quartier trop calme, trop bourgeois. C'est toujours là qu'il donne ses rendez-vous, souvent à midi, l'heure à laquelle Kirem est en cours et Makhmoud en train de ruminer ses prières à la mosquée.

Mais comme chaque fois qu'il entrelace ses doigts avec ceux d'un homme, il a regardé furtivement autour de lui. On pourrait le reconnaître. Faire le lien entre Oumar et Adam. Entre Tchétchène et homosexuel. Deux antonymes.

Aujourd'hui, protégé des autres par les murs de sa cellule, il se sait en sursis. Tant qu'Alex ne parle pas, il peut espérer vivre. Quelque chose lui dit que ce répit va bientôt s'achever, qu'il devra prendre une décision terrifiante pour avoir le droit de continuer à vivre.

Il se rejoue le film de cette heure au café. Quand il s'était assis, hors d'haleine, il lui avait fallu quelques minutes pour se mettre dans la peau d'Adam. Pour bavarder sur le même ton léger qu'Alex, soutenir son regard sans flancher, sourire. Ne plus penser à Kirem. De quoi avaient-ils bien pu parler ? Il ne s'en souvient pas : il s'appliquait à contrôler son souffle. Ne pas penser à Kirem. Son café était froid, il y avait trempé les lèvres et, rebuté par l'acidité, avait reposé la tasse sur la table. Il revoit son message, destiné à apaiser Alex, à lui dire : *Je suis en retard, mais j'arrive vraiment sous peu ; la preuve, je te demande de me commander un café.*

Il sait que les policiers y verront une machiavélique tentative de se trouver un alibi.

Quand l'annonce de l'attentat était-elle tombée sur les téléphones ? Dix minutes, quinze minutes après son arrivée ? Il ne sait pas. Il avait senti une pierre chuter dans sa cage thoracique. Mais il y avait encore une chance, un minuscule espoir que Kirem soit vivant, que les bombes qu'il avait posées aient explosé sans l'atteindre.

Puis Sonia, la serveuse, avait demandé :

— Attends, mais c'est pas le lycée de ton frère ?

Et il s'était levé d'un bond, n'y tenant plus, composant une fois, deux fois, six fois le numéro de Kirem, et même celui de Makhmoud. Les sonneries retentissaient dans le vide. Il faisait les cent pas devant la terrasse. Alex, les clients, le patron, le suivaient du regard. Ils ne soupçonnaient rien. Certains partageaient en leurs cœurs son angoisse, croyant peut-être Kirem parmi les victimes. Lorsqu'il était revenu s'asseoir, Alex lui avait pris la main. Et un instant, Oumar avait cru que tout pouvait s'arranger.

Dans sa cellule, il s'étonne de ne pas avoir songé à fuir. Comment a-t-il pu ne pas deviner que la police suivrait sa piste ? Il avait détaché sa bicyclette dans le garage à vélos, au plafond parsemé de caméras, il était parti sans un regard en arrière, alors que le lycée résonnait de sanglots et de cris. Il ne réussit pas à se souvenir du vent sur ses joues, du guidon sous ses mains. Il avait enclenché le pilote automatique, il s'était dirigé vers le café. Comme si de rien n'était.

Il se rejoue indéfiniment ces deux heures, entre midi, l'heure de l'attentat, et quatorze heures, lorsqu'il a été arrêté. Il a l'impression d'évoluer dans un brouillard. Il sait que ces incohérences le désignent comme complice, qu'il suffit qu'Alex parle à la police pour qu'elles soient révélées au grand jour.

Depuis l'attentat, six nuits ont passé, six nuits sans rêves ni sommeil. Oumar passe des heures la tête entre les mains, assis à même le sol de la cellule, le dos contre le mur. Il imagine Alex raconter aux inspecteurs la raison de leur rendez-vous. Le baiser échangé avec Adam la veille. Leurs corps incandescents de désir. Il tremble.

Son peuple ne le lui pardonnera pas. Même si Makhmoud ne sort pas de prison, chacun aura le droit d'accomplir « son devoir » à sa place : tuer Oumar pour « laver l'honneur » d'une famille qui n'existe plus. Et cette fois Kirem ne sera pas là pour dévier la lame du couteau.

Si Alex parle, Oumar n'aura plus le choix : il devra rester coûte que coûte en prison, quitte à endosser un crime qu'il n'a pas commis. En cellule, les cousins et les frères de son père ne sauront l'atteindre. Il échangera sa sécurité contre un simulacre de vie dans cet espace aveugle, aux frontières immuables.

C'est toujours mieux que de mourir, se dit-il, et il retient un haut-le-cœur.

Il n'y a pas de terme tchétchène pour dire ce qu'il est. On a importé *gay* de l'anglais, et *golouboï* du russe, qui signifie « bleu ciel ». Il y a aussi les insultes qui ont contaminé leur langue : *pederast*, *pedik*.

Un soir, à la télévision, lorsqu'il avait cinq ou six ans, des hommes déguisés dansaient sur des chars décorés de banderoles, en France. Voici le défilé parisien des *stigal basakh vol nakh*, des hommes couleur de ciel, avait dit le présentateur. Oumar avait regardé par la fenêtre : le ciel était gris.

Comment sa mère a-t-elle su avant même qu'il ne s'en doute lui-même ? Il se souvient de sa mine tourmentée, son air soucieux, lorsqu'elle le retrouvait blotti contre Makhmoud, front contre épaule, un bras passé par-dessus le torse de son cousin.

Il se souvient aussi de ses colères quand il explorait sa penderie et enfilait ses vêtements. Elle hurlait :

— Ce n'est pas pour les garçons !

Et elle levait une main prête à s'abattre sur lui. Puis elle tombait à genoux et l'implorait de lui pardonner.

— N'oublie pas qui tu es, hoquetait-elle à travers ses larmes. Il y a une faille en toi, mais n'oublie pas. Tu es tchétchène. Un petit garçon tchétchène. Mon petit garçon.

Dès qu'elle put, un mois ou deux après la disparition de Makhmoud, elle avait commencé à économiser pour le passeur. Cela coïncidait avec les disparitions rapprochées de plusieurs garçons dans le quartier. Des jeunes hommes qu'on avait vus avec des jeans un peu trop serrés et qui étaient soupçonnés d'être de la couleur du ciel. Les pères et les frères s'occupaient de laver l'honneur de la famille, et les mères et les sœurs de pleurer. Les voisines rapportaient ces histoires à Taïssa comme pour la mettre en garde.

Elle vit un reportage sur les Pays-Bas, où de jeunes étudiants tchétchènes bronzaient le long des canaux après leur journée de cours. Ils avaient quitté cet air perpétuellement inquiet qui froissait le visage des enfants ici et ils répétaient en boucle des phrases absurdes : « J'étudie les sciences politiques », « Je veux devenir médecin », « Mon but est d'être architecte et de reconstruire Grozny ». Ils parlaient du *baccalaureaat*, et Taïssa comprit qu'il s'agissait d'un équivalent du *gosudarstveny ekzamen*, qui donnait cette fois l'autorisation de rêver et d'espérer.

Quand elle vit le drapeau arc-en-ciel hissé en haut de la mairie de La Haye, elle n'hésita plus. Elle montra à Oumar le petit pays, à peine deux fois plus grand que la Tchétchénie, la minuscule ville bordée de plage, et elle dit :

— Là-bas, tu seras en sécurité.

Le passeur ordonna à Taïssa de payer d'avance deux mois de loyer.

— Sur la tête de ma mère, Oumar sera logé comme s'il était mon fils, dans des draps de satin et des oreillers de velours, promit-il.

Taïssa paya. Elle prit la valise qui avait servi de berceau à Kirem dans la cave et la nettoya de fond en comble. Elle y aligna les vêtements d'Oumar, deux cahiers pour le *baccalaureaat*, un dictionnaire russe-anglais, une couverture, un gel douche et une brosse à dents avec du dentifrice.

La veille de son départ, elle organisa un grand dîner dans la cour de l'immeuble. C'était le printemps, la saison de l'ail sauvage : elle avait passé la journée à cuisiner des *manti*, des *siskal*, des *holtmach* avec des *tchoudou*[1]. La table débordait de plats, d'odeurs qui rappelaient l'avant-guerre. Les hommes se passaient une bouteille de vodka sous la table. Les femmes riaient et les langues se déliaient. Certains demandèrent où était Makhmoud, mais la plupart s'en moquaient. Puis, avant que n'arrive l'imposant plat de *khingalch*[2] à la courge et aux raisins secs, un lointain cousin de Souleiman leva son verre.

— À Oumar, lança-t-il. Tu reviendras et tu seras ministre de notre pays !

Tous se mirent debout et applaudirent.

— À Oumar ! À Oumar !

Des grands-mères qui avaient vu Oumar grandir dans la cave pendant la guerre essuyèrent une larme émue, et Taïssa, qui s'était endettée pour offrir ce festin à l'immeuble, rougit d'orgueil.

Le lendemain, elle amena Oumar jusqu'à l'aéroport. Taïssa n'avait pas pris l'avion depuis plus de vingt ans : elle peina à s'orienter dans le hall encore en construction. Des soldats russes en armes patrouillaient et le canon de leur kalachnikov effrayait Kirem. Oumar les remarqua à peine : il se concentrait pour ne pas froisser sa chemise et garder un air sérieux, un air d'adulte. Il embrassa Kirem, détachant avec précaution ses petits bras d'enfant de son cou.

1. Beignets garnis, ravioles, petits pains fourrés, tourtes.
2. Sorte de crêpes fourrées.

— Tu reviendras ? demanda-t-il, et Oumar acquiesça.

Puis il serra contre lui sa mère, dont l'odeur de pain chaud manqua de lui faire venir les larmes aux yeux. Il ne voulait pas pleurer. Sa nouvelle vie commençait. Une vie d'homme, de futur ministre. Il ne devait pas pleurer.

Le passeur récupéra Oumar à Schiphol, l'aéroport d'Amsterdam. C'était un homme aux épaules voûtées, au regard fuyant. Le genre de personne dont Taïssa lui avait dit de se méfier lorsqu'ils habitaient Grozny. Mais c'était un nouveau monde : les règles de sa mère ne s'appliquaient plus ici et Oumar serra la main du passeur. Il le suivit jusqu'au parking, où l'homme déposa sa valise dans une Renault grise. Ils roulèrent en silence sur l'autoroute pendant une petite heure avant que la voix métallique du GPS n'indique : « Prochaine sortie : La Haye. »

Il n'avait jamais vu de ville sans blessure. Les maisons ressemblaient à des maisons de poupées et les tramways sillonnaient les rues comme des jouets d'enfants. Les passants ne sursautaient pas à chaque pétarade de moto. Les petits criaient pour le plaisir de crier, ils quémandaient des cônes glacés, l'estomac plein. Sur la plage de Scheveningen, les filles avaient étendu des serviettes de bain et sirotaient des bières, elles montraient leurs jambes au soleil. À côté, des garçons sautaient torse nu pour attraper des frisbees. Il était subjugué.

Le passeur s'arrêta devant une porte à la peinture bleue écaillée.

— Tu diras que tu viens de la part d'Aydamir, dit-il, et il redémarra.

Oumar sonna plusieurs fois. Une femme lui ouvrit, la bouche pailletée, les joues chargées d'un pigment trop sombre.

— Je viens de la part d'Aydamir.

— Parle en russe, gamin.

Il avait vu des femmes comme elle à la télévision dénudées et maquillées : elles criaient fort et finissaient par mourir au bout de quelques épisodes. Celle-ci était plus douce. Elle s'appelait Macha et elle passa une main sur la joue du petit Tchétchène, dans un geste qui lui rappela sa mère. Un léger frisson parcourut ses paupières. Devinant sa détresse, elle lui prépara un chocolat chaud. Puis elle lui donna des draps propres et l'envoya dormir. Cinq hommes ronflaient dans des lits superposés. Il prit la couchette d'en haut ; elle tanguait chaque fois que le voisin du dessous changeait de côté.

Au bout de quelques jours, il apprit que Macha avait quitté l'Ukraine pour devenir médecin. Elle révisait la journée l'anatomie humaine dans le salon et travaillait le soir en ahanant sous le corps des hommes. Cette maison tout en escaliers ne lui appartenait pas : elle s'occupait d'accueillir les hommes amenés par les passeurs, venus d'Afrique, de Russie, de Turquie, elle les plaçait dans des chambres transformées en dortoirs, en échange du droit d'exercer son métier dans la pièce du haut. Les hommes qui venaient la voir le soir étaient différents : ils avaient une montre au poignet, des yeux bleus très clairs et ils riaient fort et ostensiblement.

Le premier mois, Taïssa appela Oumar plusieurs fois par jour. Au bout d'une semaine, son fils cessa de répondre. C'était devenu trop difficile de lui mentir. Que pouvait-il dire ? Qu'il logeait dans un dortoir, sur un matelas où les puces le mordaient et le maintenaient éveillé ? Que les hommes à la peau noire existaient pour de vrai et qu'il n'osait prendre sa douche en même temps qu'eux ? Qu'il errait dans la rue toute la journée, sans savoir que faire, où aller ? Que la seule personne qui parlait russe accueillait des clients chaque heure différents dès la nuit tombée ?

Non, il y a des choses qu'une mère ne doit pas savoir.

L'exil se vit seul.

Le passeur ne revint jamais et Macha adressait de moins en moins la parole à Oumar. Un matin, elle lui ordonna de préparer ses affaires. Dans l'entrée, un garçon de son âge, au pull aussi râpé que le sien, tenait plié dans son poing un billet de cinquante euros et attendait de prendre sa place.

C'était l'été : il marcha jusqu'à la mer et resta plusieurs journées à regarder les vagues. Il chapardait avec les goélands les restes dans les assiettes des restaurants en bord de mer, volant ici et là les pourboires en terrasse. Parfois, sur la plage, il s'approchait d'un groupe de jeunes Hollandais, les cheveux blonds parsemés de soleil. Ils buvaient de la bière, chahutaient, criaient fort. La nuit, quand il dormait à même le sable froid, enveloppé dans une serviette abandonnée, il pensait à leurs regards. Ses rêves tintaient de leurs rires.

À l'automne, ce fut plus difficile. Les restaurateurs rentraient les tables, fermaient leurs terrasses. Les bandes de garçons avaient repris les cours. Ses nuits s'étaient vidées de leurs protagonistes. La mer devint hostile. La Haye était parcourue d'un vent froid et les goélands s'abritaient derrière les parois dentelées des maisons. La lumière de l'été avait laissé place à un brouillard sépulcral, un gris ouaté où Oumar peinait à s'orienter. Pour la première fois, il aperçut sur les façades les entailles des bombardements, des stèles commémoratives. La Haye avait été la cible de raids aériens allemands pendant la Seconde Guerre mondiale. Oumar s'imagina un jeune Hollandais errant dans les rues de Grozny, comme dans un miroir inversé. Il se dit que les Tchétchènes au cœur d'or ne l'auraient pas laissé dormir dehors ; ils l'auraient accueilli, nourri et réchauffé.

Les températures chutaient et il grelottait dans son vieux manteau, la serviette en couverture. La faim le tenaillait. Taïssa ne l'appelait plus : il avait échangé son téléphone contre un peu d'argent. Il en voulait terriblement à sa mère. Que s'était-elle imaginé ?

Que les écoles des Pays-Bas accueilleraient son fils alors qu'il ne parlait pas un mot de néerlandais ?

Il s'était installé sur un banc, dans un petit square. Une dame l'avait repéré. Elle lui apportait des habits, des couvertures, et chaque fois un Tupperware qu'elle déposait sur le bord du banc. Elle le regardait manger du coin de l'œil, puis elle s'approchait timidement et disait « C'est bon ? Tu aimes ? » avec le même air inquiet que Taïssa. Petit à petit, Oumar avait osé répondre « merci » et il avait appris sa traduction en néerlandais : *dank u*.

La dame portait un carré de soie autour du cou, un imperméable du même gris que ses yeux. Son visage ressemblait aux grandes feuilles tombées des arbres, piétinées par les promeneurs. Certains jours, elle disparaissait et, lorsqu'elle revenait, les pommettes violacées, il sentait en elle un désarroi plus profond que le sien. Parfois, elle prenait le temps de lire avec lui un livre, pour l'aider à déchiffrer le néerlandais.

— Mon fils était aussi intelligent que toi, disait-elle, et il la laissait ébouriffer ses cheveux.

Un soir, elle lui apporta le traditionnel Tupperware accompagnée de deux femmes.

— Elles sont là pour t'aider.

Il montra son passeport et son visa depuis longtemps expiré. Elles secouèrent la tête avec un grand sourire.

Quelques jours plus tard, elles revinrent, cette fois avec un interprète.

— C'est pas un Russe, leur dit l'homme. C'est un Tchétchène.

Oumar avait quinze ans, il vivait dans les rues de La Haye depuis cinq mois. Il était prioritaire. Les gens de l'association lui demandèrent de résumer, en quelques mots, les raisons qui l'avaient poussé à partir pour les Pays-Bas. Il évoqua sa mère, la cave, Souleiman qui n'était pas revenu de la guerre, Kirem qui avait souvent faim, le baccalauréat pour lequel Taïssa avait tout sacrifié. L'interprète grimaçait, comme s'il le soupçonnait d'inventer. À côté, les volontaires recopiaient docilement chaque mot d'Oumar. Ils remplissaient une demande d'asile et de naturalisation au plus vite pour cet enfant perdu sur le sol sablonneux des Pays-Bas.

— T'as de la chance, *nokhtcho*, dit l'interprète. Ton peuple a tué mon fils et on te file un passeport avant moi.

Oumar avait la rage d'apprendre. Dans sa cellule, il la sent encore, cette faim de tout savoir, d'avaler autant de livres que possible. Le besoin d'être repéré par les professeurs du centre d'accueil, d'être encouragé, aidé, aimé. Ne pas décevoir. Se montrer à la hauteur de cette chance. Obtenir le bac, rentrer en Tchétchénie, prendre la direction du ministère de la Reconstruction et distribuer les subventions sans favoritisme ni corruption. Rendre Taïssa fière.

Très vite, il s'était approprié l'alphabet latin. Il

s'efforçait de lire sans buter sur les mots. En un mois, il sut affirmer « Je m'appelle Oumar ». En réalité, il préférait ne pas le dire. Il trouvait que son prénom bousculait les consonnes de sa nouvelle langue. *Ou-makh*, *OU-marrrr*, *u-mar*… Peu importe la façon dont il les prononçait, les deux syllabes écorchaient sa gorge. Quelque chose sonnait faux.

De couleur pourpre, le passeport néerlandais ressemblait à celui de la Russie. *Koninkrijk der Nederlanden* remplaçait la *Fédération de Russie*. Oumar ne se lassait pas de suivre avec son doigt les traits dorés des armoiries, la couronne, les lions, la devise *Je maintiendrai*. Il aurait voulu appeler Taïssa d'une cabine téléphonique pour lui traduire ces mots en russe, mais la honte le saisit. Il était parti il y a un an. Depuis, il n'avait donné aucune nouvelle.

Le centre l'inscrivit dans un lycée, avec un système d'aide aux devoirs après les cours. Le soir, quand les volontaires le raccompagnaient dans le petit hôtel où il était logé aux frais de l'État jusqu'à ses dix-huit ans, il faisait semblant de monter un étage. Puis il redescendait et courait au bar le plus proche pour débarrasser les tables, laver la vaisselle, ranger les chaises, calmer les ivrognes.

Tous les premiers lundis du mois, il envoyait la quasi-totalité de son salaire à Grozny. Pour se faire pardonner. Ensuite seulement il osa appeler sa mère.

— Tu as eu ton baccalauréat ? demanda-t-elle, et elle ajouta dans un souffle : Makhmoud est revenu. Il dit que c'est son devoir de te remplacer. Il te remercie pour l'argent.

Oumar s'obligea à ne pas raccrocher.

L'année suivante, un garçon blond rata ses examens et dégringola dans sa classe. Il avait une mèche rebelle qui cachait ses yeux perlés de cils blonds, le sourire en écharde, la peau très pâle, parsemée de taches de rousseur comme de la cannelle saupoudrée sur un verre de lait. Les filles l'appelaient François et essayaient en vain d'attirer son attention. Deux jours après la rentrée en terminale, il tendit sa main à Oumar et dit :

— Toi, appelle-moi Hector.

— Alors toi, appelle-moi Adam.

Le garçon sourit, comme s'ils avaient aligné leurs secrets parmi les mensonges.

Pendant les contrôles, Hector s'asseyait près de lui, tout au fond de la classe. Leurs coudes se frôlaient. Oumar laissait sa tête tomber sur le côté pour le regarder mordre ses lèvres. Quand il peinait sur une équation, Hector pinçait son bras, avec un clin d'œil complice, et Oumar lui montrait sa réponse.

Deux plus deux ne faisaient jamais quatre pour Hector.

Un lundi matin, il observa Oumar arriver en retard, les cheveux en bataille, les yeux cernés, puant l'alcool. Un homme avait fêté son anniversaire dans le bar jusque tard le soir : il avait cassé des bouteilles, renversé des tables, avant de tomber ivre mort dans un coin. Oumar avait épongé le sol jusqu'à cinq heures du matin.

Il avait de la chance : le cours du lundi était assuré par Alice Zoubaïeva, dont il était le chouchou inavoué. Elle lui fit signe de rentrer, malgré la demi-heure de retard.

Hector observa ses gestes fébriles, son regard blanc, son cou poisseux de transpiration. Il attendit qu'Alice Zoubaïeva ait le dos tourné et dit :

— Dimanche soir, tu fais quelque chose ?

Oumar pensa au bar, aux révisions, à sa chambre d'hôtel toujours si vide et, prenant un air nonchalant, il haussa les épaules.

— Je vais t'emmener faire la fête comme tu ne l'as jamais faite, Adam.

Les jours suivants, Oumar évita Hector. Il cherchait en vain une excuse. « La fête comme jamais » : il savait ce que cela voulait dire. Il avait vu les clients du bar perdre leurs nuits à faire la fête comme toujours. Il ne voulait pas boire de l'alcool. C'était contre sa religion, contre sa culture, contre son père. Quand à la télévision apparaissait Eltsine, la voix pâteuse et le regard trouble, Souleiman crachait de mépris. « C'est un peuple d'ivrognes qui veut nous soumettre ! » Oumar se souvenait aussi de cette journée terrifiante, dans la chaleur de l'été, lorsque le veuf du sixième étage avait lancé des cadavres de bouteilles par le balcon, visant les enfants dans la cour. Il avait été vite arrêté et on ne l'avait plus jamais revu. Un Tchétchène qui s'enivre, c'est pire qu'un Russe qui boit, avait dit Taïssa.

Non, Oumar ne boirait pas. Il sentait au fond de lui qu'il s'abritait derrière cet interdit pour ne pas céder à d'autres, plus graves. Hector s'en fichait qu'Oumar boive ou non de l'alcool. Ce n'était pas ça, « la fête comme jamais ». C'était un espace de liberté infini, où seul Adam saurait naviguer, quitte à perdre Oumar.

Il percevait confusément qu'il se tenait à la lisière d'un choix, sans retour possible. Il était monté dans un avion, il avait changé de pays, appris une langue, mais son départ de Tchétchénie et son arrivée aux Pays-Bas n'auraient lieu que ce dimanche soir-là.

Il acheta un tee-shirt noir, plaqua ses cheveux en arrière avec un peu de gel. Hector l'attendait devant un club, au croisement de deux rues. La musique était forte, les basses grésillaient. Des hommes, adossés au mur, partageaient une cigarette. Hector lui prit la main et l'entraîna à l'intérieur.

— Le dimanche soir, c'est notre nuit, cria-t-il pour couvrir la techno. Je sais pas où tu vas, toi, mais ici, c'est forcément mieux !

Adam sourit. Oui, c'était mieux que le bar et la plonge. Il remarqua deux jeunes hommes en train de s'embrasser, l'un brun de peau et torse nu, l'autre en chemise blanche trempée de sueur. Ils dansaient, enlacés. Un brusque frisson électrique parcourut son échine.

La musique s'engouffra en lui et il sentit sa tête balancer d'un côté puis de l'autre, sa main accepter un cocktail offert par Hector, l'autre glisser dans ses cheveux. Le rythme binaire, épuré, envahissait son corps sur une fréquence inconnue, il vibrait, s'abandonnait aux regards, les acceptait, les renvoyait.

Il aurait dû prendre peur, se souvenir de sa mère, son père, son frère, son cousin, son peuple, les mots « N'oublie pas qui tu es ». Mais il n'avait jamais *été* jusqu'à cette nuit. Il avait fait semblant et il apprenait ce dimanche soir-là que la vie est puissante et insatiable.

Même s'il meurt étranglé par Makhmoud dans la cellule, même si ses journées s'étiolent pour toujours fades et insipides en prison, Oumar n'oubliera jamais cette première année passée dans la peau d'Adam. L'année du *schoolexamen* et du *centraal examen*, des dimanches soir à danser et des lundis matin à somnoler, avec des rayons de soleil métamorphosés en fleurs mordorées sur le corps d'Hector.

L'année du silence aussi. Des appels de Taïssa transformés en messages vocaux, de plus en plus courts, comme si elle prenait acte de l'absence d'Oumar. Adam ne savait plus s'exprimer en tchétchène.

Un 26 juin, il avait appris qu'il avait obtenu son bac de justesse, avec quelques points au-dessus de la moyenne. L'enveloppe contenant son diplôme était adressée à Oumar Akhmaïev. L'acte suprême de la liberté, c'est de choisir son identité, lui avait dit un jour Hector. Il s'était retenu de biffer son ancien prénom et d'écrire *Adam* à la place.

Le lendemain, sa professeure Alice Zoubaïeva l'avait appelé pour le féliciter. Elle lui avait proposé de fêter ça autour d'un café. Tout du long, elle avait parlé dans ce russe affecté, si peu naturel.

— Que prévois-tu de faire maintenant ?

Il s'imaginait cinéaste, auteur de grands films sur l'exil, la guerre, le pardon. L'identité, aussi. Il faisait de grands gestes, promettait d'aller jusqu'à Cannes, manquait de renverser son verre. Elle approuvait, l'encourageait. Dans ses yeux, il lisait le désir de voir son élève s'inventer un avenir néerlandais, exclusivement néerlandais, et il eut la nette sensation qu'à travers lui, elle espérait voir ses propres choix validés.

Il était tout-puissant.

Il avait décroché le talisman magique, l'amulette qui le protégerait du mauvais sort. Taïssa, la Tchétchénie, un éventuel retour : tout cela lui paraissait des promesses d'enfant, impossibles à tenir maintenant qu'il avait grandi, qu'il s'était mué en une autre personne. Il continuerait à virer une partie de sa paye à Taïssa, une sorte de pension alimentaire pour mieux l'abandonner.

Les jours suivants, il fit « la fête comme jamais ».

Un matin, Hector dormait encore dans son lit, la couverture froissée remontée jusqu'aux yeux pour se protéger du jour. Le téléphone sonna : c'était un numéro avec un indicatif russe. Adam, s'appuyant sur un coude, voulut refuser l'appel. Mais il pensa à sa mère, qui avait certainement entouré de rouge la date de publication des résultats d'examens, et, ensommeillé, il se dit que c'était peut-être l'occasion de renouer le contact, de se faire pardonner son silence. Il répondit.

— Oumar, tu viens nous chercher ? On est à l'aéroport.

C'était une voix d'homme. Une voix qui le glaça immédiatement. Elle était rude et âpre, elle appuyait démesurément sur le *t* final d'*aeroport*, de crainte d'être emportée par les voyelles. Il la connaissait, oui, il se souvenait de cette façon de prononcer son prénom d'un ton vindicatif. C'était Makhmoud.

— Quel aéroport ?

— Celui de ton nouveau pays, cousin.

Oumar, tout à fait éveillé désormais, demanda à quelle heure était le vol.

— On a déjà atterri. On t'attend.

Dans la cellule, un sentiment d'irréalité l'étreint quand il tente de se rappeler les minutes qui ont suivi. Bousculer Hector, lui dire de partir, de ne rien laisser, pas même sa brosse à dents, le trajet jusqu'à l'aéroport, la foule dans le tramway, les gens heureux d'être en vacances, le contrôleur qui le regarde d'un air suspicieux et qui lui demande son billet.

Il voudrait tout oublier.

Mais la grimace, devant le miroir des toilettes de

l'aéroport, reste à jamais fixée en sa mémoire. Il se souvient de s'être longuement débarbouillé pour ôter un reste de fond de teint. Sa peau irritée et parsemée d'acné n'avait plus l'aspect soyeux de celle d'Adam. Il l'avait touchée du bout des doigts, avec un léger dégoût. C'était ça, vivre sans masque.

Dans le hall des arrivées, il avait d'abord reconnu Taïssa, malgré ses cheveux blanchis et son visage en parchemin froissé. Elle regardait de droite à gauche, scrutant les autres voyageurs comme si elle espérait apercevoir son fils parmi eux. Quand elle avait finalement reconnu Oumar, elle s'était jetée dans ses bras, éclatant en sanglots.

— Mon fils, mon petit Oumar !

À côté d'elle se tenait un jeune homme avec un sourire en biais, des pupilles vaguement humides. Oumar avait failli reculer d'un pas en voyant son frère si pareil à lui jusque dans sa manière de se raidir en l'embrassant.

Makhmoud devait se tenir là, à côté de Kirem. Il en est certain, bien qu'il ne réussisse plus à s'en souvenir aujourd'hui. Il ne sait pas s'ils se sont souri, s'ils se sont fait un signe. Ils ne s'étaient pas vus depuis l'épisode du gâteau tombé par terre. Oumar ne se souvient que de la voix aiguë de Taïssa, de son obsession du *centraal examen* qui déjà transparaissait de ses questions posées en rafale.

— Ton bac, tu as eu ton bac ?

Si, Oumar se rappelle que leurs yeux se sont croisés lorsqu'il a hoché la tête pour rassurer une énième fois sa mère. Un éclair de connivence, une éphémère complicité. Ils avaient aussitôt détourné le regard.

— Kirem aussi doit avoir son bac. Ensuite, on rentrera chez nous.

Sur le chemin du retour, Oumar avait songé au moyen le plus rapide de faire obtenir à son frère le sésame auquel croyait si fermement Taïssa. Le lendemain, il romprait avec Hector. Il oublierait Cannes et les grands films, décevrait Mme Zoubaïeva. Ils rentreraient tous ensemble en Tchétchénie. Rien de tout cela n'était grave tant qu'il garderait dans l'ombre Adam.

Quelqu'un sonna à la porte. Alissa n'avait pas quitté la fenêtre. Elle s'en éloigna avec difficulté.

C'était Maud, vêtue d'un simple jogging, les cheveux noués en queue-de-cheval. Elle semblait affolée.

— J'ai essayé de te prévenir que je passerais, mais tu ne répondais pas au téléphone, dit-elle en entrant.

Alissa la regarda s'installer dans la cuisine. Les mains de son amie tremblaient.

— Je sais que tu en sais plus sur l'enquête que tu ne veux le dire, Alice. Je l'ai bien compris en voyant les policiers te chercher à l'église. Alors, il faut que tu m'écoutes attentivement, d'accord ?

Maud semblait prête à crier. Alissa lui toucha le poignet pour la calmer.

— Je t'écoute, Maud.

— J'ai essayé de t'en parler dimanche. Je n'étais pas sûre de moi, mais je viens de recevoir une notification sur mon téléphone qui dit que…

Maud prit une grande inspiration.

— Qu'Oumar était au lycée le jour de l'attentat. J'étais certaine de l'avoir vu dans le hall près de la cantine. Quand tu m'as dit qu'il avait été arrêté par la police dans le centre de La Haye, j'ai cru que j'étais folle, que j'avais eu une hallucination.

— C'est ce que les policiers disaient, je…

Maud l'arrêta d'un geste.

— Je sais. Je ne t'en veux pas, ce n'est pas ta faute. C'est juste que…

Elle parcourut du regard la cuisine, comme si elle craignait que quelqu'un ne se soit faufilé dans la pièce.

— Lundi matin, juste avant la cantine, j'avais cours avec… avec le terroriste. C'était l'examen blanc de culture générale, j'avais donné comme sujet : « Peut-on choisir soi-même son identité ? » J'ai lu sa copie… Il a répondu oui. Son raisonnement tenait la route, même si l'absence de références littéraires ne lui vaudra pas la moyenne.

Alissa lui jeta un coup d'œil perplexe. Quel sens y avait-il à corriger la copie d'une personne accusée de terrorisme ? Elle voulait lui envoyer son bulletin de notes en Syrie ?

— J'ai été frappée par son écriture. Très soignée, quelques fautes d'orthographe mais pas tant que ça. Alors j'ai cherché les autres examens, et tu sais quoi ? Lorsqu'il s'agit d'interrogations surprises, le… le terroriste a toujours rendu copie blanche. Et quand il s'agit de dissertations annoncées à l'avance, il s'étend sur des pages entières.

— Kirem était aussi comme ça dans mes cours : ses devoirs à la maison étaient impeccables, mais il avait des zéros pointés aux contrôles, il me rendait un charabia incompréhensible en tchétchène. Peut-être qu'il déteste être pris au dépourvu, c'est tout.

Alissa sentait monter en elle un profond agacement. Qu'importaient ces discussions creuses de professeurs ? Kirem avait tué vingt-deux élèves et deux enseignants. Il ne s'agissait plus de comprendre l'élève, de trouver le bon outil pédagogique pour le guider vers le bac. Cela lui rappelait les discussions stériles dans la salle des professeurs ; elle revoyait Bart, le professeur de gym, se plaindre que Kirem refusait de se joindre aux sports d'équipe sous prétexte qu'ils étaient mixtes, et les autres professeurs hausser les épaules. Ils auraient dû s'en inquiéter : au lieu de cela, ils avaient baissé les bras. À quoi bon y repenser aujourd'hui ?

Maud perçut son énervement : ses paupières battirent deux fois.

— Tu ne comprends pas ce que cela signifie ?

Au cours de l'année, Maud avait remarqué les changements d'humeur de Kirem, son comportement versatile en classe. Mercredi, il levait la main pour répondre à chaque question, jeudi, il se murait dans un silence sans échappatoire. Elle s'était dit qu'il y avait le bon et le mauvais Kirem. Les bons et les mauvais jours. Elle ne s'en était pas inquiétée outre mesure : elle avait son lot d'adolescents en guerre hormonale. Les voix qui muent, les personnalités en yo-yo, les styles vestimentaires fluctuants et indécis ; c'était la règle à cet âge.

Lundi matin, Kirem s'était présenté en cours avec un cardigan noir, qui laissait apparaître à travers des mailles très fines le violet de son tee-shirt. Maud se souvenait d'avoir souri : elle n'avait jamais vu son élève porter d'habits colorés. Il semblait avoir chaud : de grosses gouttes de sueur perlaient aux coins de ses yeux et il s'était levé pour ouvrir la grande fenêtre à côté de lui. Pour une raison qui échappait à Maud, il refusait d'ôter son gilet. Peut-être n'assumait-il pas sa couleur vive, peut-être regrettait-il d'avoir trahi son habituel uniforme noir.

Maud s'ennuyait souvent lors des examens. Pour passer le temps, elle scrutait le visage de ses élèves : ceux qui se rongeaient les ongles dès la question six, ceux qui enfouissaient la tête dans le creux du coude pour ne plus la relever, ceux qui jetaient un petit regard satisfait à la ronde lorsqu'ils finissaient un exercice plus rapidement que les autres.

Kirem s'était toujours assis au fond de la classe et, même lorsqu'elle l'obligeait à s'installer au premier rang, il suffisait qu'elle tourne le dos pour qu'il force un élève à troquer sa place contre la sienne. Elle s'en rendait compte trop tard, lorsqu'un silence de cathédrale s'était déjà emparé de la salle et que tous gribouillaient sur leurs feuilles.

Ce lundi, elle avait été étonnée de voir Kirem s'installer de lui-même tout devant, au plus près de la porte. Pour la première fois, elle avait pu l'observer de près. Elle eut l'impression qu'on lui assenait un grand coup dans la poitrine. Ce n'était pas Kirem. Et en même temps, c'était bien lui. Le jeune homme assis en face d'elle partageait ses cheveux noirs bouclés, ses mâchoires rigides, son nez aquilin légèrement tombant. Mais il lui manquait la cicatrice sur la tempe gauche, qui avait tant de fois intrigué Maud. Surtout, le regard n'était plus le même. Kirem avait l'habitude de fusiller des yeux la professeure dès qu'elle entrait dans son champ de vision : elle flairait en lui une colère inapaisable et elle s'en tenait prudemment à l'écart. Or cette fois, malgré les coups d'œil impatients qu'il jetait à l'horloge murale, son élève avait un regard plus calme, l'air presque paisible. Et cela modifiait son entière physionomie : les traits de son visage étaient plus doux, ses épaules relâchées, sa silhouette plus harmonieuse.

Non, ce n'était pas Kirem. Elle en était convaincue. Elle se souvint subitement que son élève avait un frère, de deux ans son aîné. À plusieurs reprises, les professeurs avaient souligné leur ressemblance frappante. C'était donc ça ! Inquiet de ne pas obtenir une bonne note à cet examen, Kirem avait appelé son frère Oumar à la rescousse et lui avait demandé de le remplacer. Maud se sentit bouillir. Pour ne pas troubler le déroulé de l'épreuve, elle décida d'attendre la fin du cours. Mais quand la sonnerie retentit, Oumar fut si rapide à bondir de sa chaise pour rendre sa copie et sortir de la salle, que Maud fut prise de court. Elle confia à Katie, l'une de ses meilleures élèves, la charge de ramasser les dissertations et courut dans les couloirs à la recherche d'Oumar.

Il avait disparu. Résignée, elle remonta dans la salle de cours pour récupérer les copies auprès de Katie. Elle se dirigeait vers la cantine quand elle avait entendu les deux explosions.

— Tout le monde courait, hurlait. J'essayais de diriger les élèves vers la sortie. C'était le chaos.

Au milieu de la foule paniquée, Maud aperçut une silhouette, immobile, à contre-courant, le visage dirigé vers la cantine. Croyant avoir affaire à un élève tétanisé par la peur, elle s'approcha de lui. C'était Oumar. Il avait enlevé son cardigan noir : Maud eut le temps de noter que son tee-shirt violet accentuait la pâleur de son teint. Le Tchétchène semblait ne pas sentir la main de Maud sur son épaule, ni entendre ses paroles. Puis, comme s'il obéissait à un signal entendu uniquement par lui, il s'était mis à courir.

— Quand tu m'as dit qu'Oumar avait été arrêté en centre-ville, je me suis dit que j'avais fait erreur. Puis j'y ai repensé. Et j'ai compris ce que cela signifie pour nous.

— Pour nous ? répéta Alissa.

Mais Maud sembla ne pas l'avoir entendue.

— J'ai besoin de ton aide. Tu es la seule à avoir eu les deux frères en cours : est-ce qu'il te reste un exemple de l'écriture d'Oumar ?

Alissa se leva pour aller dans le salon. Chaque

année, à l'approche de Noël, elle montrait en classe *L'Arche russe*, un film constitué d'un seul plan-séquence qu'elle chérissait pour son atmosphère onirique et sa prouesse technique. Lorsqu'elle avait invité son élève à prendre un café, Oumar était arrivé avec un essai sur le cinéma d'Alexandre Sokourov.

— C'est pour vous, madame. Grâce à vous, je vais devenir le plus grand cinéaste de Tchétchénie, avait-il déclaré avec ce léger sourire de fierté mi-timide, mi-ironique, qu'Alissa avait appris à aimer.

Il avait écrit la même phrase, en néerlandais, sur la première page.

Alissa l'avait chaudement remercié et elle avait rangé le livre sur l'étagère du salon. Un jour, en le feuilletant, elle était tombée sur un chapitre consacré à *Alexandra*. C'était un autre film de Sokourov qui avait remporté un franc succès en Europe, mais qui lui avait laissé un arrière-goût d'amertume, sans qu'elle parvienne à en définir les raisons. Dans le coin d'une page, Oumar avait, lui, réussi à les identifier. *La Tchétchénie n'est pas un décor*, avait-il écrit. *Nous ne sommes pas les personnages secondaires d'un film sur le vague à l'âme des soldats russes.*

Alissa se rappelait s'être figée en lisant ces deux phrases. Elles avaient été écrites en tchétchène. Comment savait-il qu'elle saurait les déchiffrer ?

Elle rapporta le livre dans la cuisine et le tendit à Maud en lui indiquant la première page. Son amie prit la copie d'Oumar rendue le lundi matin. L'écriture était la même. C'était bien Oumar qui avait disserté pendant deux heures sur le thème de l'identité. De son stylo Bic bon marché, il avait signé du nom de son frère.

— Ils ont échangé leurs places toute l'année, dit Maud, la voix enrouée. Oumar rédigeait les devoirs de Kirem à la maison, il prenait la place de son frère à chaque contrôle. Et Kirem rendait copie blanche à chaque interro surprise, pour ne pas trahir la supercherie.

Sauf en cours de russe, pensa Alissa, mais elle ne dit rien. Elle aurait préféré qu'il rende des feuilles vierges plutôt que ces rédactions empoisonnées, qui attendaient patiemment sur la table du salon de cracher leur venin.

Maud paraissait au bord des larmes.

— S'ils avaient continué ainsi, Oumar aurait eu le bac une deuxième fois, au nom de Kirem.

— Mais Maud, commença Alissa en essayant de trouver les mots justes, c'était grave avant, tout ça. Après ce qu'il a fait à la cantine, peu importe les stratégies de Kirem pour avoir les meilleures notes…

Maud abattit brusquement ses deux poings sur la table, renversant le verre d'eau.

— Tu ne comprends pas ? Tu ne comprends donc pas ? Tu ne vois pas que, lorsque Kirem n'était pas en cours, il était en train de préparer l'attentat ? Que cela lui a permis de trouver le matériel, de faire des repérages, de peaufiner les détails ?

Elle attrapa la main d'Alissa.

— Et tu ne vois pas ce que cela implique pour nous ? On était déjà accusés de ne pas avoir su repérer la radicalisation de Kirem, et voilà qu'on n'a même pas été fichus de faire la différence entre les deux frères. C'est notre négligence qui a permis cet attentat.

Elle prit la copie d'Oumar et le livre sur Sokourov.

— Il faut tout avouer à la police. Tant pis si on est radiés de l'Éducation nationale, tant pis si on finit en prison.

Elle se leva et se dirigea vers la porte tandis qu'Alissa la regardait, incapable de bouger, prise d'une soudaine paralysie. Un instant, Maud parut hésiter. Le visage crispé, elle s'avança vers son amie, comme si elle souhaitait la serrer dans ses bras, ou la gifler. Puis elle fit demi-tour et Alissa entendit la porte se fermer derrière elle.

Dans le salon vide, Frikkie chassait une souris imaginaire. Alissa prit le dossier rouge avec les copies de Kirem. *Les messages du terroriste.* Elle secoua la tête. Non, ce n'étaient pas des messages. Il n'avait rien voulu dire. Kirem était un adolescent perturbé, un esprit vicieux, capable d'embrigader son frère et de planifier de sang-froid le meurtre de ses camarades de classe.

Elle se dit malgré tout qu'il était temps. Qu'il fallait enfin ouvrir ce dossier, se confronter à son élève, lui laisser la parole. Traduire ses copies, les rendre à la police sans une faute ni une coquille. Se détacher de Kirem et Oumar, enterrer les morts, attendre le procès, tourner la page, oublier.

Coupable. Au fond d'elle-même, elle le savait mais cela n'empêcha pas ses yeux de se brouiller, ses mains de trembler. Coupable. À jamais, comme Kirem et Oumar. Elle avait tué vingt-quatre personnes. Elle revit Lucie, Dadou, Bart, leurs visages épinglés sur une pancarte trop grande pour eux, entourés de fleurs déjà fanées. Elle s'entendit poser de nouveau la question : « Et les morts ? » Elle aurait pu les garder en vie. Épargner aux parents la peine de perdre leur enfant. Préserver son pays d'accueil de la barbarie qui avait entaché sa Tchétchénie natale. Tout ça, c'était à cause d'elle.

Elle se remémorait le vert si pur des montagnes, l'été de son enfance. Le rire de sa mère lorsqu'une chèvre donnait des petits coups de tête pour ne pas se faire traire. La beauté de Grozny lorsqu'elles allaient au marché vendre leurs fromages. Les hommes qui épiaient les femmes, les gloussements qui passaient d'un étal à un autre. Elle se souvint aussi de son père, son sourire édenté, sa façon d'enlacer sa mère avec tendresse et pudeur, même dans l'intimité de leur foyer. De la nuée de gamins qui accompagnait chaque voiture s'aventurant dans leur village. C'était un pays heureux. On y fourbissait les armes plus par tradition que parce qu'on craignait la guerre. Les enfants étaient élevés selon un code d'honneur strict et sous le regard intransigeant des grands-mères, silhouettes noires en rang d'oignons sur un banc. Ils étaient la fierté d'un clan, l'avenir d'une lignée.

Kirem n'avait jamais connu ce pays. Il avait grandi dans une autre Tchétchénie. L'horreur était sa seule grille de lecture. Personne n'avait su lui en proposer une autre. Et Alissa avait détourné le regard. Oui, elle était coupable, assurément coupable. Elle relut les derniers mots de Kirem et pensa : *J'aurais préféré que tu me tues avec les autres.*

Les pas lourds des policiers résonnèrent dans l'escalier, puis devant sa porte. Cette fois, ils étaient trois. Leurs traits étaient tendus, leurs silhouettes alourdies par les gilets pare-balles. Sans la saluer, ils entrèrent dans l'appartement qu'ils parcoururent d'un regard suspicieux.

— Prenez une tenue de rechange et vos pièces d'identité.

Le plus jeune des policiers montra Frikkie.

— Vous feriez mieux de lui mettre un grand bol d'eau, dit-il. Quelqu'un pourra venir le nourrir en votre absence ?

Son collègue le rabroua du regard et il se tut. Alissa tressaillit. Elle versa des croquettes à Frikkie et le caressa, se concentrant sur la sensation de la fourrure sous sa paume.

Dans l'entrée, elle sortit d'un tiroir son passeport néerlandais. Après une hésitation, elle prit aussi son passeport russe, périmé depuis plusieurs années.

À côté, elle vit la petite plaque tombée par terre lors de la perquisition et qu'elle avait rangée pour pouvoir un jour l'accrocher de nouveau. L'envers était encore adhésif. Elle la prit entre ses doigts et, sous le regard attentif des trois hommes, elle fixa le nom d'Alice Zoubaïeva au-dessus de la sonnette.

Puis elle ferma la porte à clé et descendit les escaliers, suivie des policiers.

lundi si j'étais toi j'irais pas manger à la cantine avant le cours

je te dis ça parce que malgré tout, tu restes une sœur de mon sang, de mon peuple

je sais qu'il vaudrait mieux que tu meures avec les autres Makhmoud dit que cela purifierait ta famille

c'est juste que je n'y arriverai pas si je te vois entrer à la cantine

je n'ai pas forcément envie de mourir ni de partir mais je serai mieux là-bas

je serai tout entier, tandis qu'ici je ne peux vivre qu'à moitié et dans le dégoût.

Et je vais te dire la vérité

si je le fais c'est aussi à cause de cette faille

entre ceux dont on chérit la vie et ceux qu'on tue les yeux fermés

entre le frère que j'ai connu et celui que vous m'avez rendu

entre ce que j'aurais pu être et ce que vous m'avez fait devenir.

Je le fais au nom d'Allah, de l'Islam, de nos pères,
de la justice et des morts à venger
des enfants qui meurent dans les caves de Tchétchénie et sous les bombes de Syrie
de cette déviance occidentale qui a pris mon frère
et qui finira par m'emporter.
Je dois remettre les compteurs à zéro.

Il dormait lorsqu'ils sont venus le chercher. Leurs gestes sont brutaux, d'une violence sourde et maîtrisée. Cette fois-ci, ils ont attaché ses pieds à la chaise. L'homme qui lui fait face n'est pas le policier habituel. C'est un homme de grande taille, le visage raviné par la fatigue, les yeux alourdis de cernes.

— On sait tout, a commencé le lieutenant Janssen, avant de marquer un silence.

Oumar s'est obligé à rester immobile. Ne pas ciller. Ne pas trembler. Ne rien laisser paraître. L'homme allume une tablette. Les caméras de surveillance ont enfin parlé, comprend Oumar et il laisse l'angoisse monter en lui.

— Vous avez été malins avec Kirem, vous avez fait attention à ne pas être ensemble au même endroit.

Le lieutenant Janssen a un vague sourire : il semble rendre grâce à l'ingéniosité de l'ennemi. Il reprend :

— Onze heures quarante-sept, c'est votre première erreur.

Sur l'écran, Kirem vient d'entrer dans le lycée, vêtu d'un gilet noir, le même qu'Oumar ce jour-là ; c'est l'uniforme que les deux frères ont décidé de porter à l'école pour qu'on ne les différencie pas. Ses cheveux lui masquent le visage. Oumar vient de bâcler la conclusion de sa dissertation. Il dévale les escaliers pour ne pas être en retard à son rendez-vous avec Alex, transpire et, d'un geste vif, il ôte le cardigan noir qui masquait son tee-shirt violet pendant l'examen.

Il est à quelques mètres de la sortie lorsqu'il aperçoit Kirem.

Son frère a les yeux bouffis, les gestes lents d'un automate, mais ça, la caméra ne le sait pas. Elle voit simplement que Kirem porte une masse noire dans ses bras. Un sac de sport qu'il manipule avec précaution, comme s'il s'agissait d'un bébé qu'il ne faut surtout pas réveiller. Il se dirige vers la cantine à petits pas et Oumar le suit, à distance.

La caméra les perd de vue. Ils ont disparu dans les toilettes près du réfectoire. Ils n'en sortent pas pendant six longues minutes.

— Qu'avez-vous fait tout ce temps ? Vous vérifiiez les câbles et les explosifs ?

Le lieutenant a les mâchoires tendues, des rides qui soulignent l'intransigeance de son regard. Oumar se demande quel est son prénom, s'il a des enfants, peut-être un fils de son âge. Il l'imagine le gronder sur le même ton. « Tu es rentré à minuit onze, on avait dit minuit. Tes habits sentent la transpiration et l'alcool. Tu as bu. Tu seras puni. »

La caméra voit Kirem sortir des toilettes sans Oumar. Elle le suit jusque dans la cantine encore vide. Il s'accroupit sous une table, la plus longue, celle qui longe les fenêtres. C'est la table préférée des élèves : ils peuvent manger et suivre en même temps les matchs sur le terrain de basket. Kirem sort du sac deux paquets entourés de Scotch brun. L'adolescent les place méticuleusement près des sièges.

La caméra voit aussi Oumar, tout au fond à droite. Il est resté pétrifié devant les portes battantes du réfectoire. Il semble attendre que son frère revienne. Il ne bouge pas, au point que l'image paraît avoir été mise sur pause. Lorsque la cloche sonne, les élèves s'engouffrent par dizaines dans la cantine, courant vers la meilleure table. Oumar les laisse passer, sans esquisser un geste. Il a perdu de vue Kirem. Midi six. La bombe explose. Un instant, Oumar paraît fouiller les volutes de poussière à la recherche de son frère. Puis il se met à courir.

— Qu'est-ce qui s'est passé ? Tu t'es défilé au dernier moment ? Ou c'était ce qui était prévu, tu laissais ton petit frère prendre tous les risques ?

Oumar ne répond pas. Il se rappelle quand l'effroi a pris le pas sur l'espoir. Il revoit leurs reflets dans le miroir des toilettes : Kirem contre le lavabo, barrant l'accès au sac. Oumar devant lui, tâchant de reprendre son rôle de grand frère, abandonné depuis longtemps.

Ce n'est pas le souffle de l'explosion ni même les visages des vingt-quatre victimes qui l'ont empêché de dormir dans la cellule. Les yeux brûlés par le néon du plafond, il s'est repassé chaque instant de sa dernière conversation avec Kirem. À se demander ce qu'il aurait pu dire différemment. À chercher des phrases qui n'existent pas pour convaincre son frère d'abandonner les bombes. Il avait failli. Il n'avait trouvé que des mots d'une impuissante platitude, à la banalité criminelle.

— Tu ne peux pas faire ça. Je ne te laisserai pas faire ça, avait-il répété.

Kirem avait grondé comme un animal prêt à attaquer.

— Ne me touche pas. Si tu m'empêches de sortir, je nous fais exploser ici tous les deux.

— Kirem, arrête, tu ne vois pas que Makhmoud te manipule ? Tu n'es pas un terroriste.

— Ce n'est pas du terrorisme. Je répare les faits et je tue les infidèles.

— Allah ne demande pas qu'on tue des innocents.

Les prunelles de Kirem s'étaient noircies.

— Ne parle pas de religion ! Tu nous as salis, tu nous as trahis. Tu serais déjà mort si je ne t'avais pas protégé.

Et à ces mots, Kirem avait touché sa cicatrice et Oumar avait chancelé, recevant d'un coup toute la haine de son frère.

— Laisse-moi passer.

Brusquement las, Oumar s'était écarté.

— Promets-moi que tu reviendras, avait-il bredouillé.

Son frère l'avait regardé une dernière fois, et Oumar avait entendu en écho la promesse oubliée de l'aéroport de Grozny. Dans le miroir, leurs visages, presque identiques, se réfléchissaient. Puis Kirem était sorti, peinant à ouvrir la porte avec son sac trop lourd.

Oumar se souvient de l'habituel cri : « La cantine n'est pas encore ouverte, reviens dans cinq minutes », du fracas des couverts qu'on dispose dans les pots métalliques, des assiettes qu'on empile. Il était sorti à son tour des toilettes, pour se poster à l'entrée de la cantine d'où il avait regardé Kirem poser les deux petits paquets sous la table. Il savait qu'il aurait dû hurler, crier aux employés : « Il va vous tuer, partez tous ! » Il ne l'avait pas fait, de crainte que Kirem ne fasse un faux mouvement qui aurait signifié sa mort. Puis les élèves étaient arrivés, ils s'étaient bousculés pour prendre d'assaut les tables près des fenêtres. Il ne voyait plus Kirem. Il avait dû s'asseoir parmi eux. Ou se faufiler dehors par une des portes de secours.

— Donc, tu ne veux pas me dire si tu as aidé Kirem ?

Le lieutenant ne mise pas sur une confession. Il espère simplement percer l'âme d'Oumar, déceler une raison, une logique derrière l'injustifiable. Il sait pourtant que les hommes se taisent quand les mots valent moins que le silence.

— Tu veux que je te dise ce que j'en pense ? enchaîne-t-il. Je crois que tu n'as pas le profil type du terroriste. Tu t'es parfaitement intégré ici. Tu as été un bon élève et tes collègues du café t'apprécient. Tu voulais t'inscrire en fac de cinéma. Et puis… il y a ça.

Il pose sur la table un journal où une photo d'Oumar s'affiche, le grain épaissi. Le lieutenant l'observe déchiffrer le titre. *Terroriste et homosexuel.*

— Je pense que tu as été manipulé, Oumar. Ton frère et ton cousin ont utilisé ton secret pour te forcer à les suivre. Tu peux encore t'en sortir si tu nous dis où se cache Kirem.

Il se penche vers lui.

— On sait tout, répète-t-il.

Oumar sent les battements de son cœur s'accélérer. Il jette un regard autour de lui, pour s'assurer une dernière fois que ni Kirem ni Makhmoud ne l'observent. Il n'a plus le choix.

Il s'est préparé à cette éventualité, hier dans la cellule, lorsque pour la première fois, il a passé une journée entière sans être interrogé. Il a enfin pu rassembler ses pensées, réfléchir, utiliser cette intelligence qu'avaient louée ses professeurs au lycée. Jusque-là, il butait sur la peur paralysante que quelqu'un révèle son secret. Il savait que Makhmoud n'en aurait jamais parlé, fût-ce sous la torture, pétrifié par la honte d'avoir un cousin qui aime les hommes. Mais comment s'assurer qu'Alex, ce garçon rencontré au café, ne parle pas de leurs baisers ? À chaque interrogatoire, Oumar redoutait qu'un policier n'évoque son homosexualité. C'était une question d'heures, peut-être de jours, mais l'enquête achopperait certainement sur cet accroc à l'image du parfait terroriste.

Or, ce que ne savaient pas les policiers, c'est que, s'ils révélaient au grand jour son secret, ils le condamnaient à mort. Il serait tué dès sa sortie de prison. Le « devoir » de Makhmoud serait assumé par d'autres cousins, frères, oncles, incapables de laisser le nom des Akhmaïev, le nom d'hommes connus pour leurs faits d'armes, être entaché de l'ignominie de sa faute. Un Tchétchène homosexuel doit vivre caché ou mourir.

Être condamné pour terrorisme assure à Oumar d'être à l'abri pendant plusieurs années, voire décennies, de cette mort assurée. Seuls les murs épais de la prison peuvent le protéger de son peuple.

Il s'est longtemps cabré à cette idée, mais il sait qu'il n'a qu'une seule option s'il souhaite vivre. Il doit devenir coupable. Entièrement coupable. Le lieutenant Janssen lui a laissé une porte entrouverte : l'hypothèse d'avoir agi en complice contraint par Makhmoud. Oumar voit clair en sa thèse : le policier pense que son cousin l'a forcé à aider Kirem, contre la promesse de taire son secret à jamais. Si le prisonnier cherchait à retrouver la liberté, cette version des faits lui permettrait peut-être de sortir dans cinq ans ou six ans. Mais il pressent que ce laps de temps ne sera pas suffisant pour que la colère des Tchétchènes, mortifiés par son homosexualité, retombe. Oumar ne veut pas mourir dans six ans. Il veut vivre. Quitte à ne connaître que les quatre murs de sa cellule.

Alors il relève le menton et, pour la première fois depuis plusieurs jours, les policiers entendent sa voix :

— Vous vous trompez. C'est Kirem qui a été manipulé. Par Makhmoud, mais par moi aussi. Dans les toilettes, je lui ai donné les dernières recommandations et je l'ai envoyé poser seul les bombes. S'il a survécu, il est déjà en Syrie.

Après un premier instant de surprise, le lieutenant prend une mine sceptique. Il demande :

— Tu es homosexuel et tu es croyant au point de vouloir faire le djihad ? Tu prépares un attentat et tu embrasses les hommes la veille ?

Oumar n'a pas de difficulté à répondre : la réponse a été gravée en ses veines par Makhmoud. Il a été *perverti* par la société occidentale, c'est elle qui l'a rendu *malade*. Il doit se venger. Ce ne sont plus ses mots, ce sont ceux de Makhmoud. Il laisse son cousin parler à travers lui.

— L'attentat a été organisé à ma demande, pour purifier notre nom de ma faute. Makhmoud m'a beaucoup aidé. Il disait que cela me donnerait la possibilité de mourir dignement, comme mon père.

Il parle d'une voix claire, qui finit par s'enrouer. Après un petit silence, il reprend :

— Mais j'ai pris peur. Je me suis enfui, j'ai laissé Kirem poser les bombes à ma place.

Il a répété cent fois dans sa cellule ces phrases, il les a scrutées et disséquées pour pallier les incohérences d'une réalité reconstruite de toutes pièces. Jamais son accent en néerlandais n'a été aussi imperceptible.

— La veille déjà, j'avais eu des doutes sur mon courage. Je suis allé danser pour me vider la tête et j'ai rencontré Alex. C'est con, mais j'avais oublié à quel point j'aimais vivre, et quand il m'a proposé un café, je n'ai pas pu résister, j'ai dit oui. Et j'ai compris que je pourrais à la fois participer à l'attentat et m'en sortir.

— Comment ça ?

— Ça fait deux ans que je travaille au *Zonnige Dag*. Je connais les habitudes de Sonia, la serveuse. Elle encaisse dès qu'elle prend la commande. Si je demandais à Alex de me prendre un café à l'heure de l'attentat, le ticket de caisse m'innocenterait.

— Tu ne pensais pas qu'Alex nous dirait la vérité ?

— Je n'avais pas pensé aussi loin. Je croyais qu'il aurait honte d'avoir été vu avec moi. Dans ma culture, c'est ainsi… On ne parle pas de nos rendez-vous, surtout… surtout entre deux hommes.

Oumar a de plus en plus de mal à articuler. Il déglutit. Il sent l'étau se resserrer autour de lui et, même s'il est conscient qu'il l'a construit lui-même, il peine à garder son calme.

— Lundi, lorsque Makhmoud m'a vu dans la cellule, lorsqu'il a vu que j'étais encore vivant alors que j'aurais dû être mort, il a compris que j'avais manqué de courage. Que j'avais laissé Kirem faire tout le sale boulot. C'est pour ça qu'il a essayé de me tuer. Il ne pouvait pas me le pardonner.

Le lieutenant se tait. Il regarde ce terroriste qui a le même âge que son fils. Jusqu'à la dernière minute, il a cru à son innocence. C'est lui qui a insisté pour mener cet interrogatoire afin de briser le silence. Il lui a offert une porte de sortie, une chance de retrouver la liberté tant qu'il est encore jeune. Quelque chose en Oumar lui donne l'impression nette qu'il ment, qu'il est victime d'un chantage aux proportions gigantesques, une machination qui dépasse le cadre de l'attentat. Il le sent : avec ses mots, Oumar creuse un tunnel au fond d'une impasse. Mais le lieutenant ne peut rien faire contre des aveux complets.

D'un geste extrêmement las, il fait signe à la vitre sans tain. Deux hommes viennent aussitôt chercher le détenu. Avant de quitter la pièce, Oumar jette un dernier coup d'œil sur le journal. La photo qu'ils ont publiée de lui est l'une de ses préférées : il se tient près d'Hector, un verre de bière à la main, torse nu et irradiant de bonheur.

Depuis, son visage s'efface petit à petit.

Il regarde sa cellule. Elle lui semble plus blanche, plus éclatante qu'auparavant. Ce n'est peut-être pas la même pièce. Les murs ont été lavés des traces de son désespoir, il n'entend plus l'écho de ses cris. Les pas du gardien continuent de rythmer les secondes.

Depuis qu'il a endossé les fautes de Kirem, Oumar n'a plus peur. Il ressent un calme diffus, une légèreté proche de l'apesanteur. Ils ont dû mettre des analgésiques dans le plateau-repas.

Son cœur bat de moins en moins fort. La cellule prend peu à peu l'allure de la cave de son enfance. Les murs s'ornent des tapis orientaux du Caucase, comme ceux qui assourdissaient dans la cave le froid et les bombes. Il manque d'éternuer à cause de la poussière, de l'humidité, de cette neige fondue qui pénètre à travers la petite fenêtre en demi-lune, juste au niveau du sol. À côté, il entend les grands-mères rabrouer Makhmoud, le poêle chahuter les morceaux de bois. Kirem fait un pas, tombe et se relève sous les encouragements de Taïssa.

Oumar pose la tête sur les genoux de sa mère. Elle lui caresse les cheveux. Avec une douce fierté, elle lui sourit. « Tu ne seras pas ministre de la Reconstruction, mais ce n'est pas grave. Tu seras Adam dans cette cellule devenue refuge, et c'est tout aussi bien. »

La faille s'est résorbée.

Alissa assista au procès, habillée d'une robe noire descendant jusqu'aux genoux, les cheveux relevés en chignon, un bandeau de velours pourpre lui ceignant le front.

Elle vit Oumar, si frêle, entrer dans la salle d'un pas mal assuré. Sans remarquer son ancienne professeure, il s'assit dans un box de verre, surveillé par quatre policiers lourdement armés. Un grondement sourd parcourut les rangs du tribunal.

Oumar gardait les yeux rivés au sol. Il ne leva le regard qu'une fois, obligé par la juge. Alissa eut un coup au cœur : c'était Oumar et ce n'était plus lui. Il avait le teint livide d'un homme qui se remet d'une longue maladie, le corps rongé par le manque d'air, les muscles atrophiés par la solitude. Derrière ce masque de cire, dans ces yeux qui demeuraient fixes, Alissa aperçut une très légère lueur, presque imperceptible, comme le scintillement d'une chandelle placée derrière un épais rideau. Un éclat d'espoir qui brûlait encore.

Près d'Alissa, sur la même rangée, des lèvres se pinçaient pour retenir les jurons, d'autres pour ne pas éclater en sanglots. Elle-même devait se retenir de ne pas se lever, crier : « Arrête, Oumar, arrête de mentir, tu n'es pas Kirem », comme la première fois qu'elle l'avait vu menotté sur une chaise. Mais il fallait qu'elle se rende à l'évidence : les deux frères se valaient.

Maud fut appelée à la barre. Elle portait un chemisier blanc, impeccablement repassé, un collier très discret dont le pendentif disparaissait derrière le col en dentelle. Sa voix trembla légèrement lorsqu'elle décrivit la ressemblance presque gémellaire des deux frères.

Ils avaient été plusieurs professeurs, comme elle, montrés du doigt par les parents des victimes et les médias. Incompétence, aveuglement, négligence criminelle… Jacques, le proviseur, avait été mis à pied. Maud et une dizaine de professeurs avaient démissionné en signe de contrition.

Mais seule Alissa avait écopé d'une peine d'un an avec sursis, avec l'interdiction à vie d'enseigner. La cour avait estimé que la dernière rédaction de Kirem, si Alissa l'avait lue à temps, aurait pu éviter le massacre. La jeune professeure l'avait reconnu. Elle avait baissé les yeux, sans savoir si c'était par honte ou parce qu'elle se savait bien plus coupable que la cour ne le saurait jamais. Elle ne les avait levés qu'en entendant la voix claire de l'officier

Denoor. Bien qu'un traducteur certifié eût été engagé par la police dès le lendemain de l'attentat, la professeure avait aidé de bonne foi l'enquête, avait-il assuré, ajoutant :

— Les enseignants ne sont pas tenus de traquer les bombes dans les devoirs de leurs élèves.

Hendrik aussi avait témoigné. Mais à charge. Il avait parlé des mensonges d'Alissa, de ses silences. Sans jamais la regarder dans les yeux.

D'un ton martial et implacable, le procureur faisait le récit des dernières minutes avant l'explosion des bombes. Sur un écran installé près des témoins, une vidéo montrait les deux frères s'engouffrant dans les toilettes. Le seul endroit sans caméra de surveillance, précisa le procureur.

— Tout a été pensé avec minutie par Oumar, dit-il.

L'avocat, un homme courtaud, au regard de fouine, cria :

— Objection !

— Refusée, répondit la juge.

Et le procureur reprit le fil du récit, à peine déstabilisé. Dans son box de verre, le détenu ne réagissait pas. Il semblait absent.

Très vite, la salle comprit la ligne de défense de son avocat. Oumar avait été manipulé. Son homosexualité, un tabou passible de mort dans la communauté tchétchène, avait été utilisée comme moyen de chantage par Makhmoud, le cerveau de l'attentat.

Pris en étau entre la peur d'être tué par Makhmoud et la honte d'avoir « souillé » l'honneur de sa famille, Oumar était devenu un soldat de plomb pour les projets macabres de son cousin.

Le procureur fit remarquer que cette belle histoire reposait sur un seul témoignage, celui de l'accusé, puisque Makhmoud s'était suicidé. Les policiers l'avaient trouvé sur le sol de sa cellule, raidi de spasmes, l'écume aux lèvres. Quelques heures après, le médecin légiste avait conclu à un empoisonnement au cyanure : Makhmoud avait apparemment joué pendant une semaine avec une petite capsule, hésitant jusqu'à la dernière minute. La presse avait lié sa mort à l'annonce de l'homosexualité d'Oumar. Il se savait incapable de tuer son cousin de ses propres mains, dans cette prison de haute sécurité. Il ne pouvait supporter plus longtemps de laisser le nom de son père, Goulekhan, ainsi entaché. Le déshonneur était trop grand.

Même si la mémoire de Taïssa avait été reconnue comme défaillante, l'enquête avait su prouver grâce à elle un élément : Makhmoud, qui avait à l'âge de dix ans quitté pour une raison inconnue le domicile familial à Grozny, avait rejoint une cellule islamiste dans le Caucase du Nord, où il avait plusieurs fois parlé d'Oumar comme d'un élément fiable, un rouage nécessaire et obéissant. Lorsqu'il était revenu à Grozny, à l'âge de seize ans, il avait peu à peu convaincu Taïssa et Kirem de partir aux Pays-Bas. Tout semblait avoir été planifié.

Durant une heure, deux heures peut-être, un enquêteur détailla les réseaux sollicités par les deux frères et leur cousin. Ce n'était pas de la chance, mais un vrai savoir-faire et un véritable art de la dissimulation qui leur avaient permis de passer entre les mailles du filet. Le rôle d'Oumar avait été capital pour contrecarrer la vigilance policière. S'il ne s'était pas rendu au lycée à la place de Kirem, les absences répétées du jeune garçon auraient alerté les services sociaux. Et sa radicalisation aurait été signalée, affirma l'enquêteur.

L'opération avait été menée d'une main de maître, avec Makhmoud comme chef d'intendance hors pair. Il était parvenu à réunir les pièces nécessaires pour les bombes avec une patience et un sang-froid inégalables, sans éveiller le moindre doute. On avait octroyé à Kirem le rôle du cheval de Troie et à Oumar, maillon faible du trio, celui de détourner les soupçons.

D'un bout à l'autre, la fratrie meurtrière avait tiré profit de son étonnante ressemblance. Si bien qu'à plusieurs reprises les policiers s'étaient demandé si ce n'était pas Kirem assis et muet devant eux, et Oumar libre et déjà en Syrie.

À ces mots, Alissa eut un long frisson.

Quand ce fut à son tour de témoigner, Alissa obéit aux consignes de l'avocat. Elle parla de la guerre, de l'exil, cette fuite au goût de défaite. Elle dit :

— Je ne veux pas justifier, rien ne pourra jamais

légitimer ce qu'Oumar a fait. Mais parfois la vengeance fait office d'arme contre l'injustice.

L'avocat l'interrogea sur la façon dont l'homosexualité était perçue en Tchétchénie. Oumar la regarda, comme s'il s'apercevait pour la première fois de sa présence.

— Ce n'est pas un mot, c'est une insulte chez nous, murmura-t-elle.

La juge tonna :

— Parlez notre langue !

Alissa croisa le regard de son ancien élève.

— Mieux vaut qu'Oumar passe sa vie en prison, articula-t-elle en néerlandais.

La juge abattit son marteau sur la table pour calmer la salle.

Elle invita Alissa à se rasseoir, au milieu de parents d'enfants dont elle aurait pu sauver la vie.

Un jeune homme, au visage marqué par des nuits d'insomnie, prit la parole à son tour. Il raconta cette petite heure au café avec Oumar ayant précédé son arrestation. Il n'évoqua pas les mains serrées sous la table, l'excitation qui l'avait envahi lorsque le terroriste l'avait embrassé.

— Il m'a manipulé pour que je sois son alibi. Il avait tout prévu. C'est un psychopathe.

Il quitta la barre. Un murmure agita la salle, qui ne se tut que lorsqu'un garçon blond à la peau laiteuse fut présenté comme témoin à charge. Il toussa pour s'éclaircir la gorge. Il s'appelait François, parfois

Hector. D'une voix mécanique, il donna les détails de ses nuits d'amour avec Oumar, de leurs baisers éperdus entre deux cours, et Alissa se prit la tête entre les mains. Avant de quitter la barre, Hector regarda Oumar, dans sa cage en verre.

— Je ne me pardonnerai jamais d'avoir aimé un monstre, dit-il.

Oumar garda un visage impassible.

Oumar fut déclaré coupable. La juge frappa trois fois, six fois, neuf fois, pour réclamer le silence. Pendant la lecture des interminables chefs d'accusation retenus contre lui, la salle calcula que le terroriste fêterait ses cinquante ans à sa sortie de prison.

Debout, les mains liées dans le dos, Oumar demeurait immobile. Son visage restait lisse, sans émotion, comme si la juge déclamait son verdict dans une langue étrangère.

Au sol, une immense crevasse s'avançait, prête à l'avaler. Des mains le saisirent et le menèrent dans une cellule où le béton craquelait de toutes parts. Il serait transféré demain, dit un policier, et la béance au sol s'accrut.

Un instant, le visage de Kirem se superposa au sien. Une cicatrice en forme d'écharde étincela sur sa tempe gauche et, dans le ciel noir de ses yeux, un missile passa, illuminant d'un éclair la nuit de Grozny.

Puis la lueur entraperçue vacilla et s'éteignit.

REMERCIEMENTS

Merci à la Villa Marguerite Yourcenar de m'avoir offert le cadre idéal pour la rédaction de ce roman.

Merci à Elia Mariutti, Monique LLobet, ainsi qu'à mon éditrice Lisa Liautaud pour leur soutien dans mes plus grands moments de doute.

Merci à O., S., Kh., R., sans qui la langue et la culture tchétchènes seraient restées hermétiques. Puisse venir le jour où j'écrirai votre nom en toutes lettres sans vous mettre en danger.

DU MÊME AUTEUR

Aux Éditions de l'Observatoire

DES HOMMES COULEUR DE CIEL, 2019 (Folio nº 6759).

Aux Éditions Plon

LES MAINS LÂCHÉES, 2016.

Composition Nord Compo
Impression Novoprint
à Barcelone, le 30 avril 2021
Dépôt légal : avril 2021
Premier dépôt légal dans la collection : janvier 2020

ISBN 978-2-07-284628-1./Imprimé en Espagne.

397973